# 疫下叢譚

潘銘基 著

# 疫情下的美景

生於斯，長於斯，並不代表我們對成長的地方有透徹的認識。習以為常，機械化的處理，對於任何的人和事都會變得麻木。過去兩年從沒離開香港，一直在此，深化了對這裡的認識。口裡雖然說著想要回到可以四處出遊的日子，其實出門太多，方知在家千日好，出門半朝難！紛亂處處，此心安處是吾家。

幾波疫情，時好時壞，教人凡事都要作好準備，無時無刻要想好後備方案。能夠出門閒逛時便趕快出門，居家抗疫時便在網絡世界遨遊。曾經，要四處搶購口罩、七十五度消毒酒精，以至白米和廁紙皆成為超市的人氣產品。因知超市早上補貨，便晚上也睡得不好，待東方發白，便從超市帶回一包八公斤的白米。雙手抱著白米的一刻，心生滿足，也感到無比的踏實！車水馬龍不再用來形容鬧市的街道，那超市長長的人龍，伴隨著白米、廁紙，甚至罐頭食品也要限購，成為了一道又一道的人文景觀！近來，甚至鮮活豬肉、新鮮蔬菜也成為稀有品，價格急漲，復見搶購，也是一時奇聞！

有備便可無患。購買日用品，家裡的糧食長期要有儲備，乃是過去兩年的生活寫照；不必出自《左傳．襄公十一年》裡的魏絳口中。協助學生籌備活動，也多次提醒必需要有周詳的後備方案。這兩年的大學生，因為網課不斷，失去了許多與人面見交流的機會，誠為遺憾。要計算失去了些什麼，難以盡數，但失去的已經失去了，自怨自艾也只能是徒勞無功。生活在這個時代的人，應變能力絕不可缺，也最為重要。靈活變通並不等同沒有原則，每個人都有著大大小小不同的原則，小原則可因應時勢而改變，大原則乃不可動搖。什麼是小，什麼是大，在過去一段日子看得比任何時候都清楚。

疫情使一家人終日在家，工作的工作，上課的上課，居家工作與上課，使人快要忘記外出的時刻。「在家千日好」，想不到在二十一世紀的疫情時代有了新的詮釋。親子時光是前所未有的多，與內子一起見證孩子成長更是每天必然上演的劇目。

世道紛亂，無能為力，唯有思想可以如水的自由流動。《論語・衛靈公》記載了孔子的一段話：「吾嘗終日不食，終夜不寢，以思，無益，不如學也。」（第十五第三十一章）孔子自言曾經整天不吃飯，整夜不睡覺地思考，結果無甚收穫，還不如切實學習更佳。孔子，日月也，為人處世自當服膺。於是，援筆以書，以成本集。劉勰《文心雕龍・時序》有云：「良由世積亂離，風衰俗怨，並志深而筆長，故梗概而多氣也！」誠哉是言也！

疫情肆虐，賦閒在家，時間比起過去可以有更好的運用，因而寫了一些小文章，並且匯集成書，作為疫情下的註腳。其中包括了對大學生的勉勵，更多的是涵泳在大學人文景觀與自然風物裡的體悟。疫情稍緩之時，間與師友相聚，談天說地，心懷感恩。疫情使在家的時間倍增，暫別東奔西跑，尤其慶幸。凡此種種，共計文章十七篇。此中各篇大多嘗在不同園地發表，包括《香港作家》、《藝文青》、

《香港拼圖》、《國文天地》、伍宜孫書院《The Sunny Post》等，在此一併致謝。書中各篇文章，在錄入本書之時，或有作修訂，謹此說明。是次蒙萬卷樓圖書公司支持，得成此稿，實在不勝感激；責任編輯呂玉姍女士的辛勞協助，尤其重要，在此復申謝忱。

潘銘基
教職員宿舍第十一苑
二〇二二年四月

# 目錄

CONTENTS

# 大學之道

院監、院長、各位嘉賓、各位老師、各位同學，大家好！歡迎新生加入伍宜孫的大家庭，歡迎舊生第一次用這樣的方式參加開學禮。這次不單是一年級新生的開學禮，也是二年級同學的第一次開學禮，[註一]可見各位在過去一年多以來是經歷了何等的波折。

今天我打算在這裡跟各位分享兩個字，那就是我們所在的「大學」——「大」和「學」二字。我們先來看「大學」二字最簡單、最表面的意思。我們習慣使用雙

註一　案：二〇一九年的書院開學禮因社會事件取消，故此二年級同學也是第一次參加開學禮。

音節的詞匯，而且最喜歡從比較裡尋找答案。因此，「大學」二字首先會跟「中學」和「小學」這兩個詞語作比較，進而追求答案。於是，我們要問的是：「大學」、「中學」和「小學」，三者有何區別？一年級的同學可能暫時不知道答案，二、三、四、五年級的同學應該已經心裡有數了。最基本的，我們可能會從學生的年齡去追尋答案，小學生是年紀最少的，中學生的年紀比起小學生大，大學生又比中學生大；這種帶點「鬥獸棋」（大吃細）意味的答案自然是無誤的。我們又會聽過一些小學雞、中學鴨的講法，那麼各位去到大學階段又會變成什麼類型的家禽呢？坊間流傳著不同的說法，但似乎都沒有絕對的說服力。然後，我們又會想，可能是校園面積吧，大學校園最大，中學的校園又比小學大。但是，有些同學可能從幼稚園開始便選讀了一條龍學校，不同階段的學習歷程融匯在一體的校園裡。這樣的話，校園面積大小的分別又沒有這樣明顯。但無論如何，大學的校園最大，應該不會錯誤！

我們都是香港中文大學的學生，在上課的時候我經常會跟同學開玩笑，說大學如果佔地不「大」就不稱為「大學」了。我們都知道，在全香港的大專院校中，香港中文大學的面積最大，達一三七點三公頃（一點三七平方公里）。這個數字比起排名第二位的某校也大一倍多。這個「大」也就當之無愧了。而且，在全球二百〇六個國家裡面，中大會排名在二百〇五，其「大」可見一斑（比起梵蒂岡大）。尤其是在寸金尺土的香港，中大的「大」更是難能可貴。但是，從二〇二〇年一月開始，一切都起了變化。因新冠肺炎疫情之故，我們只能居家上課，中大仍然是這般的大，但老師不能回校授課，同學不能回校上課。我們的大學，從海山勝景的自然風光，搖身一變成為了一台電腦，一個手機，或者更準確的說，只是一個屏幕。同學看著一個屏幕，老師也看著一個屏幕，什麼叫做「似近還遠」，便是這個意思！我們只能看到平面的一切，沒有了人與人之間立體的接觸與交流。就這樣，大學跳進了小小的屏幕裡，大學還大嗎？跟中學和小學的區別又到了哪兒？尤其是大中小學都只能在線上授課的時候，我們就要重新思考「大學」之「大」這個問題了。

中大佔地之大是實實在在的，在假日時候乘坐校園裡 H 線校車大家一定感受得到。但是，大學之大，原在於大學生擁有的「大視野」。在書院裡面，不少同學會參加海外交流的計劃（包括海外實習計劃、海外服務學習團、語言學習計劃、文化交流訪問團、暑期專業研習團），在假期裡感受不同地方的文化，開拓自己的天空。作為伍宜孫書院的學生，大家肯定會認識我們的「寰宇學習獎勵計劃」，由你們自己當家作主，構思自己到異域體驗的行程。我在香港土生土長，在中大讀書和工作，一直覺得香港人最大的特點是有著國際大視野，以及一顆開放的心，能夠做到對很多事情的兼容並蓄。大學之大，不單純在於大學佔地的面積，也不在你的年紀，而是好像《尚書．君陳》裡所說的「有容乃大」。「有容乃大」的意思是，有度量，能寬容，才能夠成就大事業。請容許我在這裡說一個歷史故事：中國古代的楚漢相爭，相信大家都曾聽過。說的是西楚霸王項羽和漢高祖劉邦的爭鬥，結果如何當然大家都知道，劉勝項敗，成王敗寇，古今皆然。如果我們觀看劉、項在各項能力的數據，項羽肯定大勝，但劉邦有一種特質完全將項羽比下去，那便是劉邦的度量。論家底、論善戰、論力氣，甚至是兩軍交戰之初的士卒數量，項羽均遙遙領先。可是，劉邦能夠容納得下韓信，與項羽完全不同，最終導致劉勝項敗。因為劉邦的信任，韓信一直忠心耿耿，立下不少戰功，韓信甚至有能力跟劉邦和項羽鼎足而三，但韓信一直效命於劉邦，代表的就是劉邦的容人之心與氣度。要成功，我們也要有容人之量。

二〇二〇年從開始至現在，我們的校園變成了家裡，變成了雲端。大學之大，不再是實體的校園，但它有變小了嗎？如果大小不再以面積計算的話，當然沒有。讀大學，我們常說，是開了大家的眼界。眼界如何量度，就要看我們付出了多少努力。不用舟車勞頓，理論上省下了不少時間，舉例來說，今天我原本應該在台灣台南的國立成功大學參加一個研討會，因疫情之故，研討會改用 Mixed Mode，台灣學者親赴成大參與，海外學者則在雲端上作報告。其實，出外開會，更多時候重在會議報告後跟其他與會學者面對面的交流，變成了雲端報告，報告完便關掉視訊，離開會議，交流也只能變得公式化。但是，現在網絡的世界非常強大，互聯網幾乎可以變成我們的思想一樣，隨處流動，好像已故武打巨星李小龍所說的 Be Water 一樣。唯有思想是自由的，是流動，是無拘無束的。到了大學階段，我們可以接受許多不同思想的衝擊，可以遍觀古今中外五千年的文化與歷史，自由自在，隨興之所至。當然，這個「大」，是要建基在「學」的身上；沒有「學」，或者這樣說，沒有實學，任何的「大」都只會是「大話」。

如前所述，「大學」的「大」定當建立在「學」之上，下面我們便來談談「學」字。書院非常強調全人教育，希望大家能夠在學習之中成為「完整」的人，我們要學習什麼知識而令自己變得更「完整」呢？書院通識教育課程以書院精神為基礎，期望能培養同學的創新志業精神及社會責任感。透過不同類型的活動（例如通識課程、書院聚會、書院論壇、講座、服務學習、學生自發活動等），希望讓同學探索社會議題、認識可持續發展及培育創意，從而裨益社會。做任何事，我們都會問，你對此是否有「興趣」？學習同樣講求興趣。能夠進入大學，相信大家都熱衷於追求知識，有著一顆愛學習的心，否則很難支撐你從小學、中學，一直走到大學的。而且，學習的興趣不一定只在教科書上，值得學習的事情實在有太多，書本裡的知識只屬於其中的一種。

當然，我們首先談談書本上的。我們經常會說，大學生最會批判思維。批判思維從何而來？批判思維並不是對事情隨隨便便的批評，而是建立在豐富的知識之上。沒有知識基礎的批判只是胡亂批評，從知識學問出發的才是批判思維。我們未必要求每個人都成為專家，但是如果要對任何事情發聲，希望別人聆聽我的想法，都應該要有深入的認知才可以。《論語．述而》引孔子所言：「蓋有不知而作之者，我無是也。多聞，擇其善者而從之；多見而識之；知之次也。」（第七第二十八章）孔子說，大概有一種自己不懂卻憑空造作的人，我沒有這種毛病。多多地去聽，選擇其中好的加以接受；多多地看，全記在心裡。這樣的知，是僅次於「生而知之」的。註二「生而知之」的人，是一出生下來就什麼都知道的，我們不太可能成為這

註二　孔子強調自己並非「生而知之」的人，《論語．述而》子曰：「我非生而知之者，好古，敏以求之者也。」（第七第二十章）直接說明自己只是愛好古代文化，勤奮敏捷以去追求的一種人。又，《論語．季氏》孔子曰：「生而知之者上也，學而知之者次也；困而學之，又其次也；困而不學，民斯為下矣。」（第十六第九章）將人分成四類，分別是

種人；因此，我們要「多聞」和「多見」。大學的課堂其實只是開啟每一個科目的引子，真正要深入認識，只能期待在浩如湮海的書本裡去細意尋找。

雖然因為疫情，我們比以前少了人與人的接觸，但即使是在雲端上、在社交媒體上，我們都是在作人與人的交流，同樣是一個學習的過程。我們仍然會跟有些人意見相同，有些人意見相左；有些人可以合作，有些人在有條件下合作，有些人永遠不會合作。在雲端上見面，通常都帶有目的，可能是「傾莊」，可能是開會，可能是面試；事情完成了，便關掉視訊，宣布會面結束。因此，在這個年代，要求大家在更有限的時間裡爭取表現。另外，我們一向都很重視語文能力，到了今天，雖然大家早就不再寫信傳意，但是一切的交流都變成了文字的短訊，無論你是用中文還是英文傳訊，反正這是意想不到的考驗自己語文能力的時代。如果你能夠單靠文

---

「生而知之」、「學而知之」、「困而學之」、「困而不學」，觀乎《論語》所載，孔子大抵自以為當屬第二類，即「學而知之」。

字短訊而成功出 POOL，相信你的語文能力比起 DSE 考獲中英文 5** 更強。

我們還要學習什麼呢？就以大家現在正在參加的開學禮為例，當疫情稍緩的時候，我們在想，邵逸夫堂在保持社交距離的情況下究竟可以容納多少人，是否能夠舉行所有同學都能夠參加的實體開學禮；我們一直想，最好是舉行面對面的開學禮。同時，我們一直都有後備方案，就是在不能舉行實體開學禮的情況下，我們便會改為現在的線

在沒有現場觀眾的大禮堂裡以 ZOOM 直播方式進行開學禮

上模式。大家都有參與學生活動，會「上莊」，應變方案如何是非常重要的。例如籌辦迎新營的同學一定會有雨天程序吧！或許有人會建議，到了不能舉辦活動的時候才去想方法吧，現在想了也是浪費時間的。但是，未雨綢繆總是成功的關鍵。「計劃永遠趕不上變化」這句話是誰說的呢？就是一些有計劃的人。學習如何應急，學習去構想可行的後備方案，學習成為一個有準備的人，這是很重要的，因為機會總是留給有準備的人。

空無一人的觀眾席，這是疫情下的新常態嗎？

在大學裡，因為學習模式比較自由，我們更容易學到不同的事物。回想我自己過去的學習經驗，在小學、中學、大學不同階段的求學歷程裡，大學肯定是最讓人回味的。因為我有了自己的自由，一切都由自己去操控。我們的大學生活，不一定要事事專精，但是希望大家都能夠找到自己鍾情的方向。最後，我想援用唐君毅先生〈說青年之人生〉（《青年與學問》，一九六〇年）的一段話作為這一次分享的總結：

青年朋友們，你可曾在自然的純潔外，時時拂拭你心靈上的灰塵？你可曾在自然的不怕壓力，反抗權威，推倒阻礙外，真正求培植你自己之力量，而深植其根於歷史文化之土壤，以吸收地下養料與泉水？你可曾在自然的正義感之外，細細去思維什麼是人間社會最高的正義，真正求實現此正義而百折不回？你除了憑你自己個人之力，以實現你之抱負志願，以向光明外，你可曾發憤求師友相勉或尚友古人，以擴大你之胸量，提高你之志氣，而看見更大的光明？這些都賴你自覺的努力，而不能只恃你青年的天德。

作為二〇二〇～二〇二一年度開學之初，希望大家對「大」和「學」有更多的體悟。

謝謝諸位！

## 後記

本文原題「大學之『大』與『學』」，乃香港中文大學伍宜孫書院二〇二〇～二〇二一年度開學禮的致辭，日期為二〇二〇年九月十一日（星期五）。開學禮按原訂計劃在邵逸夫堂舉行，但因疫情之故，並無實體現場觀眾，開學禮以ZOOM形式讓同學在線上參與。

# 山巒裡的人文風光——伍宜孫書院*

伍宜孫書院座落於中大校園的士林一巷（又稱環迴西路）上，群山環抱，毗鄰中央校園，位處校園的西北部。甫踏入校園，眼簾底下是川流不息的吐露港公路，遠眺吐露港、八仙嶺、大埔工業邨、三門仔、馬屎州、大尾篤、船灣淡水湖，山水人文風光，一覽無遺。

書院結合了人文景觀與自然景觀，寓意深遠，以下讓我們一同涵泳其中，細意體悟山巒裡的伍宜孫書院。

---

*本文初稿於二〇二一年十月八日在伍宜孫書院開學禮上派發；此為修訂稿。

## 書院牌匾

走到書院大門，我們會赫然看到「伍宜孫書院」五個大字矗立在大門的右方。這五個蒼勁有力的大字，實出香港中文大學第五任校長金耀基教授手筆。金教授不單是社會學家，更是著名的書法家，並為西泠印社社員。不要忘記，如果來到書院東座大樓地下的院務室，可以順道看看在會議室外面由金教授所題的校名真跡，筆走龍蛇，力透紙背。

## 伍宜孫博士像

在書院大堂樓梯拾級而上，到達一

書院牌匾及書院大門

樓會議室，我們會發現伍宜孫博士（一九〇四～二〇〇五）雕像。伍宜孫博士乃永隆銀行的創辦人，畢生服膺儒行，事親至孝，熱愛國家民族，常懷濟世之心。伍宜孫博士非常關心教育事業，伍宜孫慈善基金會曾多次捐助港、澳及國內外教育機構，本院便即其例。厚蒙 伍宜孫慈善基金會的慷慨捐助，本院成立於二〇〇七年，弘德育才，每年取錄學生三百人。伍宜孫博士白手興家，時常緊記「吃得苦中苦，方為人上人」之古訓，矢勤矢慎，任勞任怨。我們看到雕像，發思古之幽情，自當鏤刻銘記在心，博學而篤行。

## 如日坊與創意實驗室

位於中央庭園前方的小白屋是書院的海景健身房，她的前身是大學賓館。從前，大學賓館有兩棟，一棟提供餐飲，一棟提供住宿。住宿的一棟現在已經拆卸了，原址就是本院的東座。餐飲的一棟保留下來，就是我們說的小白屋。其實，在更遙遠的從前，小白屋是聯合書院第三任校長鄭棟材博士的宿舍。現在，當書院同學在小白屋裡運動之時，不知道有沒有想像到這裡一段又一段的歷史。與從前的校長宿舍、大學賓館相比，現在的小白屋生長了更茂密的長春藤，增添了點點的綠色，並由現任院長陳德章教授命名為「如日坊」，真的是 Go Green, Be Sunny!

與小白屋隔著庭園相對望的是位於中央大樓 UG 樓層的創意實驗室（c.lab），可以讓同學培養創意思維和發展創新計劃。「創意創新」與「環保綠化」是伍宜孫書院的兩項核心使命。

## 羅漢松

在如日坊外，有一棵羅漢松，自二〇一三年八月起植根於中央庭園。且看書院院徽，圍繞著院訓「博學篤行」四字的便是羅漢松。羅漢松可以接受較強的陽光，也能夠在較多遮蔭的環境下生長。在院徽裡的幾棵羅漢松，枝枝相連，就像人與人之間的溝通與交往，從不間斷。書院的茁壯成長，實有賴師生同心。伍宜孫博士不但是永隆銀行的創辦人，亦是盆景藝術家，素有「盆聖」之稱。院徽設計特以松樹盆景作主題，因松樹耐寒，象徵了堅毅不屈的精神，種樹育人，不謀而合；配合仿如玉珮般優雅華麗的雕刻線條，盡展含蓄內歛、君子風度翩翩的意境。呈圓形的院徽設計亦仿如古代銅幣，映照出伍宜孫博士創立永隆銀行的故事。

## 山茶花

書院有幾株山茶花，分佈在不同的角落，在書院大門、在圓夢臺，還有一株在小白屋外，眺望著吐露港。茶花性喜溫暖、濕潤的環境，花期較長，花朵艷麗，受人喜愛。從十月份到翌年五月份都有開放，盛花期通常在一至三月。香港的土壤較酸，而茶花本身適應能力特強，故在不少地方皆能栽種盛開。面對不利的生活環境，很容易會使人意志消沉，一蹶不振。我們未必可以改變外在的環境，但怎樣自強不息，才是事情的關鍵。當茶花茁壯成長，繼而盛開，便是其戰勝不利環境的象徵。在書院裡，有一株本地種的茶花最為特別，那是在小白屋外的一株粉色山茶花。二〇一七年十一月三日慶祝本院十週年院慶，此花由創院院長李沛良教授親手栽植。山茶花的花期在冬春之際，與別不同，寄寓我們可走不一樣的道路。

## 仁澤書房

走到西座大樓一樓，便會到達「仁澤書房」。知名堪輿學家蔡伯勵先生（一九二二～二〇一八）主持的香港順龍仁澤基金會，一直資助本院的服務學習計劃，讓學生到世界各地幫助弱勢社群，擴闊視野和學習處世做人。書院為表謝意，將原有自修室翻新，美化與實用兼備，並在二〇一六年命名為「仁澤書房」。建築學院顧大慶教授和張葦弦先生為書院自修室翻新設計，蔡伯勵先生更為書房牌匾親筆題字，使同學在溫習用功之餘，而仁德恩澤銘記在心。

## 圓夢臺

書院地下高層（UG）平台花園，自二〇一六年十一月起，正式命名為圓夢臺。創院院長李沛良教授指出，「伍宜孫書院平台花園風景壯麗，面向蔚藍的吐露港，左望青綠的八仙嶺和慈山寺的大慈大悲觀音菩薩，右看萬家燈火的馬鞍山和城門河畔，遂想到不若取名圓夢臺。」圓夢臺牌匾由建築學院顧大慶教授設計，牌匾上刻寫著以下文字：

夢想
源於創意與毅力
有愛心
有熱誠
凡事皆可圓

李教授曾任崇基院長十年，繼後創辦伍宜孫書院，嘗言「創新與熱誠」乃成功之道。五句說話表達了書院的教育使命，鼓勵同學愛己及人和承擔社

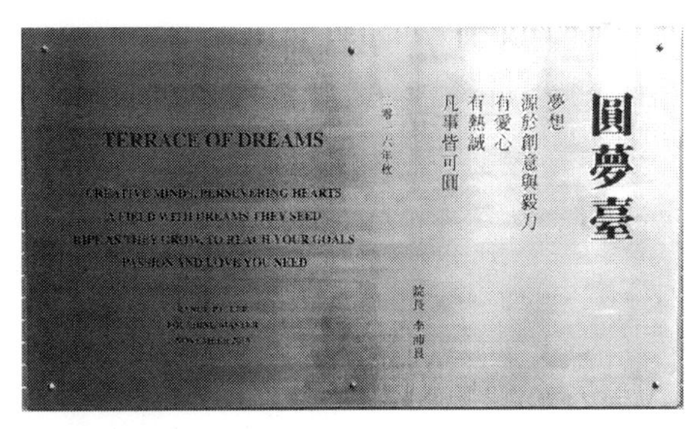

圓夢臺牌匾

會責任。走到圓夢臺，除了欣賞壯闊風光以外，我們更應該許下自己的夢想，以此為目標而進發，並期待夢想成真的一天！

潘銘基

二〇二一年九月

圓夢臺全景

# 有鳳來儀*

尋常的六月天，正是大學暑假，人蹤罕見，萬籟俱寂，只有鳥聲依然。因新冠肺炎疫情之故，全院師生在沒得授權下不得進入書院大樓，即使可以進來的，也要佩戴口罩、雙手消毒、量度體溫，如果超過37.5°C，那便不得內進了。凡事皆有例外，只是為了一對稀來之客。

牠們不從書院大門進入，沒有拍卡，沒有登記，體溫肯定超過37.5°C，更似乎有違宿規，男女同住？牠們沒有在書院大樓的其他地方閒逛，只是直奔如日坊，沐

*本文原載伍宜孫書院《The Sunny Post》二〇二〇年八月號，第三十二期，頁八～十。

浴陽光，流連在羅漢松的枝葉上。「牠們」不是「他們」，牠們是一對白頭鵯（Light-vented Bulbul）。

一切從六月十一日開始說起。這一天，早上在開會，同事幾乎都在滑手機，傳閱一張雀巢和四隻雀蛋的相片。白頭鵯將鳥巢築於書院如日坊外的羅漢松上了！這小插曲讓會議室一片輕快，只要看看伍宜孫書院的院徽，便會知道羅漢松跟本院的關係。（詳情不在這裡多說，請參閱上文〈山巒裡的人文風光〉。）羅漢松雖然可以高達四十米，但得花王悉心照料，勤於修剪，書院的羅漢松始終保持兩米多高。白頭鵯更只是將鳥巢築在一點七米高抬手可及的小樹枝上。從前，書院是人們熙來攘往的地方，到如日坊做運動的師生川流不息，飛鳥自不會流連。因為疫情，書院大樓近月來一直保持著難得的清幽，花香鳥語，自然融洽，難怪白頭鵯選擇在此築巢。

四隻鳥蛋

《老子》第五十八章：「禍兮福之所倚，福兮禍之所伏。」意指禍與福互相依存，互相轉化。自二月以來，疫情之故，校方改為線上授課。於是，原本六百多人聚居的書院大樓，變成了罕見人蹤，四顧寂寥。就這樣，書院迎來了一對白頭鵯夫婦，在羅漢松上築成愛巢，誕下鳥蛋。每年的四月至八月是白頭鵯的繁殖期。每一對白頭鵯會建立自己的領地，並將鳥巢築在離地面不高的雜木林或樹叢上，呈深杯狀或碗狀。羅漢松的形態正是這樣。愛在瘟疫蔓延時，原來白頭鵯夫婦是如此的迎難而上，逆境自強。

六月十二日，四隻鳥蛋已經孵化，雛鳥破殼而出。一般而言，白頭鵯一年繁殖兩次，一窩產三至四枚蛋。蛋殼呈粉紅色且有紫色斑點。雌、雄白頭鵯共

餵飼中

破殼而出的四隻雛鳥

同育雛，幼鳥需要經過大約兩個星期的孵化才能破殼而出。如此說來，白頭鵯應該在五月底、六月初時已經在書院裡悄悄築巢。小白頭鵯還未張開眼睛，大部分時間似乎都在睡覺。眼睛不張開不是問題，最重要的是嘴巴能夠張開吃東西。如果說，孵蛋的繁忙是靜態的，那麼餵食的繁忙肯定是勞累的動態了！白頭鵯喜歡吃果實和昆蟲，基本上是雜食性的動物。父母都喜歡將自己的喜好加諸子女身上，因此白頭鵯父母便都把果實和昆蟲拿來餵飼雛鳥了。有趣的是，雛鳥連眼睛也未嘗張開，而父母捕食回巢靠近之際，即使身影尚未出現，而雛鳥已經準備好了自己的嘴巴。從前，看著 BBC 的電視節目，跟著主持人 Sir David Attenborough 感受大自然的神奇。現在看到雛鳥從孵化到長大，更有一種身歷其境的親切。白頭鵯父母口裡箝著果實，直接送到雛鳥那張得偌大的口中。其中一隻雛鳥，拼了命似的也好像喝不上一口果汁，教人看得心亂如麻。要知道，大自然裡的動物都是適者才得生存，例如大熊貓的雙胞胎率很高，一般而言野生的大熊貓父母只會照顧其中一隻幼仔。幸好，小白頭鵯都很爭氣，把頭伸得再高、嘴張得再大，終於能夠接收到父母的食物。看到如此情景，大家才鬆了一口氣。

就在期待雛鳥茁壯成長的時候，天意弄人，香港迎來了二〇二〇年的第一個熱帶氣旋警告。六月十二日晚上，香港天文台發出一號戒備訊號，並於十三日下午改發三號強風訊號，預計十四日凌晨時分熱帶氣旋「鸚鵡」會最接近香港。二〇一七年的「天鴿」、二〇一八年的「山竹」，這些我們都不怕，難道會因為這個小小的「鸚鵡」而懼怕？是的，羽翼未豐的四隻雛鳥，哪怕是一點點的風雨飄搖，也可能會跌倒在地，粉身碎骨。幸好，颱風減弱，雛鳥挺了過來，五二三人又在 WhatsApp 裡一番噓寒問暖，畢竟牠們已經是書院的一份子。為免閒雜人等騷擾雛鳥，我們更在羅漢松四周拉起了圍封的膠帶，讓白頭鵯可以安心生活。

時日太快，無知的小孩一晚長大。到了六月二十三日，我們又再看到小白頭鵯的相片，羽毛已經生長，站在枝頭上，胖胖的身軀，可愛極了。從六月十二日破殼而出，經過兩星期的餵食，雛鳥已經可以出巢了！雀鳥並非天生會飛，必有學習飛行的過程。白頭鵯比起白頰黑雁（Barnacle Goose）幸福許多，後者為了逃避捕食者，會將鳥巢築在懸崖峭壁之上，而且成雁並不餵飼雛雁，雛雁在出生後三日之內便要跳下懸崖，教人驚心動魄。白頭鵯不用如此，但總要學懂飛行。《論語》裡有「學而時習之」一句，宋代朱熹解釋時說：「習，鳥數飛也。學之不已，如鳥數飛也。」朱熹指出「學習」的「習」字，便是雀鳥拍翼練習飛翔的意思，學海無涯，不可停止，就像鳥兒永遠展翅翱翔。小白頭鵯便在書院裡拍翼練習，為將來的遠行作好準備。

相伴的日子總是短暫的，離開不一定是為了回來。六月二十四日，小白頭鵯振翅奮翼，離開了書院，展開了屬於牠自己的旅

胖胖的小白頭鵯

程。我們都依依不捨，但又為了能夠見證半個多月裡的奇妙時光而心懷感恩。畢業後，我們都希望舊生能夠回來走走，看看校園的發展，也緬懷一下過去在書院裡發生的一點一滴。雛鳥展翅高飛，頭也不回，牠們會繼續成長，體驗生活。或許，有一天，長大了的白頭鵯還會再次來到書院，停立在羅漢松的枝葉上，回憶在這裡發生的一切！

李白說：「清風朗月不用一錢買。」大自然的風光，成為了我們學習的對象。從鳥蛋孵化，悉心照料，振翅高飛，短短的兩個星期，活像是四年大學生涯的縮影。迎難而上，逆境自強，小鳥尚且如此，更何況是我們呢！有鳳來儀，二〇二〇年，註定是令人難忘的一年！

鳥去巢空

# 山茶花開時 *

時日太快，還沒有來得及感受四季的變化，一晃眼便過去了。李清照說，「雁字回時，月滿西樓」，提醒我們排成「人」字形的候鳥往南往北，年復一年，歲月如梭。除了候鳥，還有植物。花開花落，逝者如斯，不舍晝夜，像是在提醒我們要特別注意身邊的人和事。

生活在校園裡，有點兒像平行時空，有點兒像桃花源，總是有著對理想的追求與執著。說大學是社會的縮影，又有說大學要比社會走得更前。怎樣說也好，每天

＊本文原載伍宜孫書院《The Sunny Post》二〇二一年四月號，第三十五期，頁一～七。

能夠與草木為伍，看似是黃粱一夢，但只要細心感受，便能樂在其中，並為紛陳煩擾的世事注入煥然一新的想法。

書院有幾株山茶花，分佈在不同的角落，在書院大門、在圓夢臺，還有一株在小白屋外，眺望著吐露港。茶花性喜溫暖、濕潤的環境，花期較長，花朵艷麗，受人喜愛。從十月份到翌年五月份都有開花，盛花期通常在一至三月。宋代詩人陸游《山茶》便說：「雪裡開花到春晚，世間耐久孰如君？」指出茶花花期之長久，無其他植物可及。據校園環境委員會主席鄒桂昌教授透露，近年來，香港的土壤愈趨酸性，而茶花本身適應能力特強，故在不少地方皆能栽種盛開。面對不利的生活環境，很容易會使人意志消沉，一蹶不振。其實，任何逆境，無論長短，都是一種磨練。我們未必可以改變外在的環境，但怎樣自強

山茶花盛放中

不息，調適自己的心境，才是事情的關鍵。當茶花茁壯成長，繼而盛開，便是其戰勝不利環境的象徵。

走到書院大門，率先迎接我們的是幾株茶花。茶花顏色主要有粉色、大紅色、深紅色、黃色、白色等。右邊花槽栽種了粉色山茶花，而左邊花盆裡的則是紅色山茶花。蘇軾《山茶》說：「游蜂掠盡粉絲黃，落蕊猶收蜜露香。待得春風幾枝在，年來殺菽有飛霜。」說的是蜜蜂飛來飛去採遍了山茶花金黃色的花蕊，凋謝後自然飄落的花蕊仍然吸收了蜜露的香氣，等到春天到來，花還剩下幾枝？每年秋天總會有冰潔草木的寒霜。「年來殺菽有飛霜」一句不僅是寫景，更是蘇軾的自我比況，借以抒發傲霜鬥雪、屹然挺

創院院長手植之山茶花

立的豪邁之情。香港偶有使人啼笑皆非的「寒冬」，飛霜大概百年難得一遇。但是，徘徊在茶花四周的蜜蜂，辛勤採蜜依舊，心無旁騖，做事專一，人和昆蟲相去甚遠，但遇事專心致志，也可供我們借鑑。

根據漁農自然護理署發布的《香港的野生茶花》資料顯示，山茶屬（Camella）植物全世界約有二百八十種，分佈在亞洲熱帶和亞熱帶地區，香港野生山茶屬植物共有十種及一變種，花期大多集中在冬、春兩季。這些茶花的品種有的跟香港關係密切，例如用前香港總督命名的葛量洪茶（大苞山茶）Grantham's Camellia，以及在一八四九年首次發現的香港茶 Hong Kong Camellia。在書院裡，有一株本地種的茶花最為特別，那是在如日坊健身房對出的一株粉色山茶花。時間回到二〇一七年十一月三日，當天是書院十週年的院慶，節目豐富，包括環校跑、由書院師生排列而成「10」字拍照，以及創院院長李沛良教授手植山茶花的栽植儀式。

大自然風光處處，但總不及人文景觀之引人入勝。人文景觀，又稱文化景觀，是指自然與人類創造力的共同結晶，反映區域獨特的文化內涵，特別是出於社會、文化、宗教上的要求，並受環境影響與環境共同構成的獨特景觀。書院的重要人文景觀，首推李沛良教授親手栽植的這株山茶花。在十週年院慶當天，鄒桂昌教授指出，茶花有著堅毅不屈的特點，能適應強酸及低磷的土壤環境，抗逆力強，寓意李院長與眾多師生以謙卑的心共同努力，不懼艱辛，植根校園，為建設書院出力。書院能有今天的成就，全賴創院師生的付出。萬丈高樓平地起，千里之行，始於足下，《荀子・勸學》說：「不積跬步，無以至千里；不積小流，無以成江海。」不積累一步

伍宜孫書院十週年

半步的行程，就沒有辦法達到千里之遠；不積累細小的流水，就沒有辦法匯成江河大海。書院得以奠下堅實的基礎，與李教授的豐富經驗密不可分。

十年樹木，百年樹人；茶花盛開，一年一度。在大學裡，每年迎來新生，舊生如期畢業。唐人貫休《山茶花》有云「今朝一朵墮階前」，茶花開敗以後，花瓣不會一片片的落下，而是整朵完整掉下。花朵之凋謝，不代表事情的完結，「落紅不是無情物，化作春泥更護花」，枯萎了的花兒會化作富有營養的泥土，滋養著千千萬萬的苗裔茁壯成長。同樣地，茶花的花開花落，見證著每一屆的畢業生，在離開了書院以後，用不同的形式繼續關心書院的發展，成為書院的養份。

山茶花又稱冬柏，為什麼山茶花會和「柏」扯上關係呢？孔子說，每年寒冬之時，我們便會發現松柏是最後才告凋萎的植物。「歲寒知松柏」是用來形容人有氣節。山茶花能夠在寒冷的冬天開花，愈低溫而綻放得更美麗，因而命名為「冬柏」。在韓劇《山茶花開時》（二〇一九年）裡，女主角開了一家名為“Camelia”的居酒屋，而女主角的姓名是吳冬柏。在韓文裡，山茶花又名冬柏花，顯而易見，女主角是用了自己的名字為店鋪命名。山茶花對生長環境要求不高，生命力強，猶如松柏之歲寒後凋，正正是提醒我們面對前路，也要抖足精神，邁步奮進，逆境自強！

植樹留念牌匾

# 馬路如虎口

生活在大學裡，不管是三、四年，還是一直寓居其中，總是教人遠離了世俗的煩囂，一切都變得自由自在而輕鬆不已。大學裡的行人，悠然自得，逍遙自在，完全陶醉在人文風光之中，不知道自己也成為了景觀的一部分。

二十多年前還在當學生的時候，晚上的大學校園漆黑一片，日與夜涇渭分明。在冬夜，從本部校園取道崇基路，到了崇基教職員宿舍C座，往左轉，走在返回應林堂宿舍的小路上。這時候，突然聽到蕭瑟落葉的聲音，暗淡的街燈與蔽天的樹影交映著，每次總會想起了辮子姑娘的故事。從前，校園的汽車不多，有些地方甚至沒有人行道，人車共融，沒有絲毫違和的感覺。

我特別記得過去大學迎新營的景象。大學生都很喜歡通頂，有點讓人不明所以，好像能夠通頂是成為大學生的明證。從中學到大學，其中巨變肯定是作息時間，尤其是住在宿舍的學生，通宵達旦更是無日無之。迎新營斷定是熱身。先來破冰遊戲，然後是大量的集體遊戲，到大埔天外天、火炭泰源、禾輋陳根記夜宵。最後，是加深彼此認識的夜話。夜話就是每個小組十個八個新生，連同幾位高年級的組長，席地而坐，促膝長談。夜話進行中而希望回到房間睡覺，那肯定是天方夜譚，在朋輩壓力之下並不可能。然後，遍佈校園裡戶外的每一個角落，也不一定是角落，可能是在校車經過的路衢，侃侃而談，最後不支倒地，呼呼大睡。到了東方發白，只見一組又一組的新生舊生倒臥路邊，汽車唯有繞道而行。這是人不怕車。

大學裡的汽車都不鳴笛，絕對是香港的奇景。只要離開中文大學，把車開到沙田市中心，在交通燈前多停留半秒，後車便已經呱呱地響，務使驅逐前車而如入無人之境。在歷史的洪流裡，刀槍不入是義和團的專利，想來大學裡的行人也有如此能耐，他朝或許能夠載入史冊。從前我讀書的時候，中文大學有四間成員書院，其中崇基學院每個星期都會在禮拜堂舉行週會，所有崇基學生均視之為一週一次聚會的良機。書院精神和同儕間的友誼固然透過不間斷的見面而變得根深蒂固，但這並非本文重點，我要談的是每次週會前與週會後在崇基禮拜堂附近的奇景。大概到中午十二時四十五分左右，週會便結束了，禮拜堂以及附近信和樓、王福元樓幾個大講堂所容納的學生，便都魚貫而出，塞滿了整個崇基校園。這時候如有汽車駛至，無論鳴笛與否，都是徒然。學生們走在馬路之上，有的去眾志堂餐廳用膳，有的要趕到本部上課，有的返回宿舍，有的向下走要到大學站。無論是哪個方向，汽車只能從後尾隨，觀賞每週一次的人潮。就算汽車在後，同學們依舊三五成群，談笑風生，神態自若，人車不用爭路，馬路早已成為了人行道的延伸了。這是人定勝車。

大學除了傳授學科知識以外，教曉學生如何做人更為重要。在車水馬龍的大學校園裡，也能體會到大學生的禮貌。據友人說，有一次，在邵逸夫堂外，他開車經過這一段中央路，不幸地撞到一名學生。說時遲，那時快，這個學生順著汽車開過來的速度，卸身一跳順著擋風玻璃而到了汽車的車頂，其身手敏捷可見一斑。我們的校訓是「博文約禮」，要說如何使自己的行為合於禮，看這位同學從車頂下來後，誠心跟司機道歉，說了聲「對不起」，表示自己不小心過馬路，差點釀成大錯，態度可取，值得嘉賞。我每次開車經過邵逸夫堂，如碰巧校車停站，一定非常謹慎。同學們一般頭也不回，直接打算橫過馬路。其實，大學裡的汽車縱使從沒鳴笛，它還是不省油的車，挨撞了，人還是會受傷的。馬路如虎口，安全最為重要。禮失求諸野，一起意外也可見天之未喪斯文。

過著悠閒生活的不單止是人，校園裡的動物亦然。有一次，乘搭校車經過池旁路，感覺校車起伏了一下，本來沒有特別在意，此因校園裡遍佈減速丘，汽車通過時很自然也會有所起伏，並略作減速。可是，校車坐多了，什麼地方有減速丘，基本上閉著眼睛也能大概估算。當時，我坐在校車最後一排，於是回頭一看，發現原來剛才輾過的是一條快速移動的大蛇。大蛇看似沒有大礙，並向著未圓湖繼續前進。只要目標清晰，那怕遇上什麼阻撓，即使面對任何難關，也會勇往直前，這是大蛇給我的啟示。大學校園裡有許多野生動物，教我印象最深刻的是一家四口的豪豬。十數年前的一個晚上，開車走在士林路上，突然聽到颯颯響聲，以為是秋風吹拂了路旁的大樹，葉子發出來的聲音。定睛一看，映入眼簾的是亂過馬路的豪豬，一隻……兩隻……三隻……四隻！牠們施施而行，漫漫而遊，兩隻大的在前，兩隻小的在後，一家人樂也融融。豪豬同樣不理會馬路上是否有車，牠們有著自己的生活節奏，融洽自然，當下即是。究竟是誰打擾了誰的生活？人和其他動物都會有不同的看法，如何共融，從來都是一門大學問。

自一九八九年七月一日起，香港所有私家道路，包括大學校園之道路，均已列入根據修訂第三七四〇章「道路交通（私家路上泊車）規例」所規定之管轄範圍。隨該修訂規例之施行，在校園內觸犯交通規例者，與在公共道路上犯例無異，可遭檢控（參自香港中文大學保安組網頁）。中大校園不是平衡時空，公共道路上的罰則同樣適用於校園範圍，遵守交通規則實屬必然。當社會一直發展的時候，大學應該比社會走得更前，是社會的先驅者。然而，馬路如虎口，我們都應該遵守交通規則，行穩致遠，小心方能駛得萬年船。

# 未圓湖畔的落羽杉*

凡事有得必有失，在疫情之下，最能夠體會。過去一年，暫別了東奔西跑的日子，留在香港，重新發現了許多我城之美。迎來二〇二一年，每天都是好天氣，在未圓湖畔，一直注意著氣溫的變化，目不轉睛地看著聳立在湖畔的幾棵落羽杉（同為落羽杉屬的兩種：落羽杉和池杉）。

香港的人口密度，在世界上超過五百萬人口的國家或地區而言，位居第二。即使是一件小事，都可以轟動全城。當然，事情本無大小，是大是小純然出於我們的

＊本文原載《崇基校園通訊》第五十七卷第二期，二〇二一年二月二十日，頁二十～二十一。

心情。香港位處亞熱帶地區，四季不算分明，大自然的顏色變化不及高緯度地區般明顯。所謂「物以罕為貴」，植物只要出現了丁點兒的異動，電視台便出動採訪，報章雜誌詳作報道，網民在社交媒體上爭先「打咭」，人有我有，永不落空，務使自己走在潮流的前沿。

放眼未圓湖畔，冬日的落羽杉近年來一直人氣高企，深受大眾喜愛。在中大校園裡，崇基的景緻最為豐富多姿，自上世紀九十年代後期荷花池改善計劃完成以後，與校訓「止於至善」遙遙相合的未圓湖便呈現在我們的眼前。盡善是以向善為目標，未圓象徵了不舍晝夜的追求。前人種樹，後人乘涼，有遠見的人，總會為後人留下佳話。凌道揚院長得到港府批准三百英畝之地，成為崇基的造林區，栽花培草，樹木樹人。圍著未圓湖走一圈，從不同角度體察校園的勝景，鳥語花香，婆娑樹影，滌盪心靈。

在眾志堂前的湖邊草坡上，有矮灌木福建茶植成的「止於至善」四個大字。在大字前有數棵大樹，栽種在未圓湖命名以後，那便是落羽杉。媒體說這幾棵樹是落羽杉或落羽松，沒有錯誤，但也不完全準確。引人謎思的是，在牟路思怡圖書館旁邊也有一棵落羽杉，名字相同，形態卻和未圓湖畔的不盡相似。不解之餘，帶著問題，向書院資深導師容拱興博士請教。容博士曾任崇基生物系系主任，多年來一直建設和關注校園裡的一樹一木，跟我解釋了這一切。在生物分類法裡，有松柏綱松柏目杉科的落羽杉屬，在落羽杉屬裡有三種，分別是池杉、落羽杉、墨西哥落羽杉。

聳立在牟路思怡圖書館旁邊的那棵是落羽杉。落羽杉，又名落羽松，為落葉大喬木，樹高可達五十米。在幼齡至中齡階段樹幹圓滿通直，圓錐形或傘狀卵形樹冠，五十年以上的有機會逐漸形成不規則的寬大樹冠。落羽杉是活化石植物，起源久遠。其特點是耐低溫、耐鹽鹼、耐水淹。憶昔在大學港鐵站附近，有鳳凰木數棵，遇上花開之時，列車駛至大學站，紅紅火焰映入眼簾，煞是好看。但在校園發展之時，卻紛紛遭遇不測。在二〇一一年龐萬倫學生中心興建以前，崇基提出並成功爭取保存此株落羽杉，人間有情，樹留下了，現在這裡更成為了崇基師生休憩的美麗空間。欣賞自然美景的同時，我們有否深思種樹保樹的人所付出的努力呢？

未圓湖畔的是落羽杉屬的池杉，與落羽杉不盡相同。池杉，亦稱池柏、沼落羽松。落葉喬木，高可達二十五米，沒有落羽杉這麼高大。其樹幹通直，小枝直立。葉子鑽形，長〇點五至一釐米，緊貼小枝，向內彎曲，呈螺旋狀排列；球果乃圓球形或近似卵形，直徑約二點五釐米；盾形種鱗，頂端近似方形；種子為不等三角形，有厚厚的角棱。今天，遊人都在未圓湖畔漫步細賞風光，原來栽種池杉的地方，曾經是落羽杉的落腳處。可是

陽光明媚下的落羽杉

不經意的栽種了池杉，才形成了如今的勝景。只要我們將目光重新回到牟路思怡圖書館旁邊，看看那棵巨型傘狀樹冠的落羽杉，如果也真的落戶湖畔，行人小徑便不再寬廣，行走之時甚或彎腰閃身，整體感覺肯定大有不同。「立心栽花花不香，無心插柳柳成蔭」，說的便即此意！

落羽杉、池杉皆是落羽杉屬的植物，混而為一，情有可原。看看大角咀杉樹街（Pine Street）和松樹街（Fir Street），才真的讓人啼笑皆非。Pine 是松樹，Fir 是冷杉，雖然在生物分類法都在松科，但普羅大眾不專研植物，只可顧名思義。為人處世但求循名責實，必也正名，名實不符，莫過於此！

落羽杉、池杉在秋冬落葉前，便會停止製造葉綠素，並將葉片的養分吸收準備過冬。當葉片的葉綠素分解後，其他隱藏的色素如呈黃色的胡蘿蔔素、呈紅色的花色素苷就會浮現出來，出現葉片由綠色漸變成橙黃色和紅色的景象。這時候，人們會爭相拍照，留下落羽杉最美的一刻。孔子說：「歲寒，然後知松柏之後彫也。」落羽杉是松柏目的植物，自是松柏無疑。舊葉落去，新歲將至，年復一年，一直在見證著校園的變化與成長。我時常跟學生說，大學校園不大，很難稱得上是大學。在寸金尺土的香港，中大的大更值得我們去珍惜。大學的核心價值是什麼，不同時代的師生都有不同的說法，松柏耐寒，最有堅忍的能力，意境深遠。容博士曾經說，地靈人傑是老生常談；我們期望在學生當中看到「人傑」，而「地靈」則由老師為學生創造。真知灼見，所言不虛！

翻開一九九九年三月在曲橋所拍攝的畢業照，那時候的落羽杉並

一九九九年三月在未圓湖畔

沒有今天的高大。二十多年過去了，落羽杉見證著校園的發展，變得獨當一面，崇基也迎來了七十校慶。十年樹木，百年樹人，走在美麗的校園環境裡，一草一木皆意趣深遠，饒富興味，留待著我們更用心的體會和發掘。

二〇二一年在未圓湖畔

# 公開的秘密＊

公開了的就不是秘密，秘密是不能公開的。有些事情值得作為秘密，有些事情是否秘密根本無關痛癢，可能是因為我們誤會了事情的重要性，因而視平常不過的事情為秘密。

如果真有秘密，我們會選擇藏在心中，讓它永遠成為秘密。秘密如此，方算是成功的秘密。多虧一些社群服務網絡，令到秘密不再神秘，不再深不可測。近年

＊本文原載《國文天地》第四二五期，二〇二〇年十月，頁七～九；並於二〇二一年九月十八日獲「灼見名家」網站轉載。

來，社交媒體 Facebook（FB）與 Instagram（IG）鬥得你死我活，難分難解。FB 成立於二〇〇四年，IG 成立於二〇一〇年，IG 算是社群服務網絡的後起之秀，FB 與 IG 屬同一公司，但年輕就是優勢，IG 更能吸引年輕人使用。據美國的調查報告指出，年輕人大多改用 IG 或 Twitter，FB 慢慢變為老人家的專利。因為年長一輩都用 FB 分享生活瑣事，年輕人為了保障自己的私隱，自必另起爐灶，另覓園地。在 FB 和 IG 裡，都有一個分享秘密的功能，用戶隱姓埋名，以匿名的方式徹底地說出心中的感受，何其舒壓，何其偉大！

如果秘密是向傾慕的人表白，說出心底話，免去尷尬，多麼的好！只是被表白的人很有可能根本不知道你是誰，於是一切都只是徒勞無功，空餘遺恨。對於老師來說，與之有涉便是所謂的「名校 secrets」功能。其實，網上的秘密由於是秘密，誰人發表無從得知，故事是真是假也就無從稽查。但這都不重要，反而是什麼內容適合放在「secrets」裡發表，才是重中之重。以我所屬的大學為例，打開 FB secrets 一看，肯定是投訴多於讚美。從前，韓愈說：「夫和平之音淡薄，而愁思之聲要妙；歡愉之辭難工，而窮苦之言易好也。」（〈荊潭唱和詩序〉）讚美自是難以啟齒，一般作品大多是投訴學校和老師的。稱讚也好，投訴也好，學生當然有權這樣的做，時代如此，隨波逐流，可也。當師生的溝通淪落至只能透過分享秘密才能成事，實在可悲至極。

在大學裡，每個學期開學上課之初，老師總會派發所任教科目的課程大綱，明買明賣，看看學生對課程內容是否滿意，然後選讀。課程大綱上肯定會有老師的聯繫方法，例如電郵地址、辦公室電話等。在修讀課程期間，如果遇上問題，學生可以利用電郵系統發信向老師查問，也可以打電話。當然，最直接的，是在小休或課後直接走到老師面前，向老師提問。幾種方法之中，能夠面談當然最好。人不是機器，人文學科的教導尤其重視耳濡目染、口傳心授。這就等同遙距教學不是不好，知識得以普及，無遠弗屆，自是美事！但是老師的身教，學生卻無從領會。有時候，下課的一瞬間學生太多，或者大家都在爭相簽到，證明自己的存在，以致有些學生未能抽身向老師提問。這是師生間的一大憾事！幸好，我們還可以利用電子郵件溝通。

曾幾何時，人與人溝通會寫信，甚至有筆友；今天老師的郵箱裡會收到學生寄來的名信片、聖誕卡之類，但信件真的是絕無僅有。沒有了實體的信件，用電郵更為方便，既免去了郵資，也可以使對方瞬間收到訊息。學生也會用電郵提問，我自然也很樂意回答，但受到即時通訊軟體的影響，我試過收到不少沒有上下款的電郵。面對這一類電郵，老師不是不想回覆，而是投寄無門。或說，循著原來的電子郵件，按一下回覆，不就可以嗎？對我來說，實在不能接受自己撰寫的電郵沒有上款；但我不知道來郵的是誰，自是無法清楚寫明。這是老師的一大痛苦。想起小時候，老師教寫書信，什麼上行、平行、下行，上款如何，下款如何，祝頌問候語等等，琳琅滿目，美不勝收！舊夢不堪記，往事只許如煙，時代的巨輪不會停下她的腳步！尺牘自然要迎來它的 2.0。

這十年八年來，同學對於課程、教學內容的查詢和提問，大多以課後交談和電郵的形式進行。慢慢地，又變了。學生對學校有所不滿，不平則鳴，辦公室的同事都非常在意。我問同事，你們是從什麼途徑得知學生的不滿，答案是社群服務網絡裡的名校 secrets。原來，同事每日在辦公室裡的任務還包括了登錄社群服務網絡，不啻是寓工作於娛樂！因為是 secrets，即是匿名舉報，找不到投訴的人，如何證實投訴內容的真偽，便是費煞思量。試想想，在一張白紙之上，我們隨便潑出黑色的顏料，後來發現錯了，要將黑色抹去，這可以嗎？在名校 secrets 裡，我們會看到同學投訴學校飯堂的菜餚不好吃、某某老師只會打低分、宿舍的哪裡不好、某某辦公室的同事態度不好，還有許多許多……。然後，相關部門便會竭力去查究是否真有其事，如何可以改善。事實上，如果投訴是具名的，處理起來會更為容易，也更快和更有效率。更多的時候，因為投訴是不具名的，投訴者隨便說說，大家也只能夠認真調查，寧枉無縱。

放在這些 secrets 裡的材料還真是豐富多姿的。有學生以為期末習作的字數要求太高，而在 secrets 裡訴說苦況。其實，該生只要用電郵跟老師說說自己的困難，一般而言，老師也不強人所難。學生寫少一些，對於批改作業的老師而言也是義舉，絕對受到歡迎。然後，因為這樣的一個苦況，學生們還在留言裡你一言我一語的吵起來，secrets 原本不知誰人發帖，留言卻皆具名，違反了秘密的原意，看得教人啼笑皆非。回心一想，學生也許只是希望傾訴心事，並非真有訴求，任課老師是否將論文習作字數要求下調，可能已非發帖的原旨。

公開的秘密，用意本善，然而溝通方式本來不一，應該在什麼時候利用社群服務網絡的 secrets 功能，也是一種考驗。在大學裡，非形式的學習比起形式的更為重要。大學是社會的縮影，如何處事，正是莘莘學子在成長路途上不可或缺的學習過程。

# 不到園林，怎知春色如許*

這些年來教研兩忙，比較少去旁聽其他老師所開的科目。只有斷斷續續的去了幾次系裡開的「崑曲之美」課程，獲得了一點點的藝術的養分。

在香港，中國傳統戲曲的表演雖然不是很多，但也不乏觀賞的機會。香港本地的劇種當然是粵劇，這個我可看得不多；看的比較多的居然是崑曲和京劇。其中看崑曲表演的印象最為深刻，尤其是看了好幾次的《牡丹亭》。有一次，在千禧年之際，連續看了三個晚上，那是葵青劇院的開幕獻禮。全劇分成上本、中本、下本，

*本文原載《國文天地》第四二四期，二〇二〇年九月，頁八～九。

從一九九九年十二月三十日開始，連演三晚，直到二〇〇〇年一月一日。當時，大家還在擔心「千年蟲」，害怕電腦系統不能順利過渡，恐怕海陸空交通會大亂。《牡丹亭》是明代劇作家湯顯祖的作品，原劇合共五十五齣，但文學作品和演出本來就是兩回事，因此早有刪併之舉。這次分為三本，上本演了十二齣，中本演了十齣，下本演了十二齣，合共三十四齣。《牡丹亭》故事主角當然是杜麗娘和柳夢梅，由於連演三晚，上海崑劇團也算是精銳盡出，合共有五位杜麗娘，以及四位柳夢梅，三晚演出的也恰好是老中青三代崑曲演員，很有傳承的味道。其中如蔡正仁、岳美緹、張靜嫻等，都是當時的國家一級演員，星光熠熠，何其壯觀。但是相思莫相負，牡丹亭上三生路。表演完結後的數天，《牡丹亭》一直縈繞在我的腦海裡。

說到傳承，不能不提「青春版《牡丹亭》」的表演。這是二〇〇四年五月二十一至二十三日的事情，同樣是連續的三個晚上。柳夢梅和杜麗娘的愛情故事，要演得真摯，要感動人心，表演者的精湛演技和唱腔固然最為重要；如何將表演藝術傳承下去，卻是一大難事。白先勇說：「崑曲是有四百多年歷史的古老劇種，但崑曲的演出不應老化；崑曲的前途，在於培養年輕的演員，吸引年輕的觀眾。」我去看戲的時候，尤其在香港，很能感受到白先生的這句話。如果在香港想裝青春，沒有比跑去劇場看戲更好的了。從我第一次到劇場看傳統戲曲一直到現在，很多時候，太太和我幾乎都是觀眾裡最年輕的一群，不要忘記，時間已經過了二十年。青春版《牡丹亭》大受觀迎，柳夢梅尤其應該感激白先生，因為改編了的劇本加強了男角的戲份。扮演男女主角的是俞玖林和沈豐英，到了若干年後的某一天，沈豐英飾演《長生殿》裡的楊玉環，當杜麗娘轉身已成楊妃，這事彷彿告訴了我光陰荏苒的事實！

傳統文化要能延續下去，不能單靠將表演者年輕化，觀眾年輕化才是重中之重。要找少數的研究者作深入的研究並不難，但要能夠普及崑曲，並不容易。在大學裡開辦崑曲課程是絕妙的方法。在敝校，就有一門名為「崑曲之美」的通識教育課程，由白先勇教授、華瑋教授領銜主演。我在香港中文大學讀本科、碩士、博士，在通識教育的理念下成長，很多中文系以外的知識都是在所選修的通識科目裡學到。大學強調術有專攻，其實是過早地為莘莘學子畫上了不可超越的藩籬。通識教育的目的是培養學生能獨立思考、且對不同的學科有所認識，以至能將不同的知識融會貫通，最終目的是培養出完全、完整的人。「崑曲之美」是通識科目，顯然是面對著全校學生，以普及崑曲、文化傳承作為課程最重要的目標。

人總愛追星，學生選科也不例外。自二〇一二年開始，這門「崑曲之美」幾乎每年開辦，每星期邀請在崑曲表演與研究有重大成就的藝術家與學者到來講授。絕大部分學生多為附庸風雅，但求一見白先勇先生的廬山真面卻是事實。我也不例外。幾年來我斷斷續續的旁聽此科，很多時候或許只能去幾次，但白先生到來的一次肯定最有旁聽的意欲。無它，香港所有中學生在中國語文課程裡早就讀了白先生的《驀然回首》，能夠一見作者，自是極受歡迎。其實，要組織這樣的一學期課堂極為困難。以本學期為例，我看到課程大綱時，十二講的講者，其中有召集人敝系的華瑋教授，還有上海崑劇團的蔡正仁老師、梁谷音老師、錢寅老師、計鎮華老師、王芝泉老師、岳美緹老師，蘇州大學的周秦教授，香港著名的崑曲演員鄧宛霞老師，香港演藝學院的邢金沙老師，以及不可或缺的白先勇教授等。講授主題包括了崑曲的文學性，不同角色在戲劇裡的意義，崑曲表演的音樂元素等，非常豐富多姿。

很多老師說：「上課是一門藝術。」從我讀大學到自己教大學生的二十餘年以來，這句話能夠應驗的機會並不多。我常常以為，大學的教育很重要，學生會否在本科課程完結以後繼續進修，大學老師能否在課堂上予以啟發至為關鍵。想是這樣想，現實是當大學要評估老

華瑋教授主編的兩巨冊《昆曲之美》，細看後課堂的內容彷彿如在目前

師升遷和續約之前，「研究」永遠排列在「教學」的前面。所以，老師考績的好與壞是在於他的科研成就，教學如何便顯得微不足道了。在「崑曲之美」這門課裡，我看到的是對教學的強調與堅持，尤其是當講授的主題本身已是一門表演藝術。崑曲在二〇〇一年被聯合國教科文組織列為「人類口述和非物質遺產代表作」，能夠在課堂上憑藉老師的講授而得親身體會，這自然是千載難逢的機會。孔子說，學而時習之，學而能習，至久不忘。「崑曲之美」課程還有一個好玩的地方，就是最後一週的「期末（創意）功課成果發表」。學然後習，將成果表演出來，可真是做到向藝術致敬！

不到園林，怎知春色如許？我聽崑曲實在非常業餘，但是能夠認真旁聽，順道回首二十年前的往事，走進多維的崑曲世界，真乃第一等的賞心樂事！

# 傳道·授業·解惑*

韓愈不會想到，短短的六個字，到了二〇二〇年會遭逢前所未有的挑戰。在〈師說〉裡，韓愈要傳的當然是儒家的大道，授業乃是傳授學問知識，解惑旨在解決學子所遭遇之疑惑。有些道理隨著時代而改變，有些則是恆常不易的，傳道、授業、解惑肯定屬於後者。

二〇二〇年九月的新學期，有一點跟過去的不一樣。這種不一樣，我們或許稱之為「新常態」。「常態」是 Normal，「新常態」是 New Normal，其實「常態」更

*本文原載《香港作家網上版》二〇二〇年十二月號第六期。

多的時候用來和「變態」（Abnormal）作對比，當「變態」習以為常後，它便會成為了「新常態」。二〇二〇年九月的新學期，實在有點與別不同。我們時常說，香港的土地供應緊張，四處都是人。可是，在九月份開學以後，如果還想尋找一片淨土的話，大學校園肯定是不二之選。當然，網上授課並不是新鮮事，自二月份開始，老師們已經習慣了當「網紅」。令人感慨的是學生已經習慣了不用出門，但求安坐家中而知天下事。

還是宋人謝枋得《文章軌範》說得好：「道者，致知格物誠意正心齊家治國平天下之道。業者，六經禮樂文章之業。惑者，胸中有疑惑而未開明也。」老師要傳些什麼大道，看來似乎有點沉重。傳統而言有所謂儒家的道統，蘇東坡更是稱譽韓愈能夠「文起八代之衰，道濟天下之溺」，以道來救助已告沉溺的人，儒家的道何其偉大！生活在二十一世紀的老師，沒有這種可能。在一所大學裡，傳道像是發揚校訓，授業仍是學科知識的傳授，解惑是幫助學生解決形形色色的問題。

校訓是一種人有我有的東西，所有學生都知道自己學校的校訓，只是知道歸知道，是否真的貫徹執行，實在是不得而知。即以敝校為例，大學加上九所成員書院，校訓院訓一大堆，「博文約禮」、「止於至善」、「明德新民」、「誠明」、「修德講學」、「博學、進德、濟民」、「文行忠信」、「修己澤人，儲才濟世」、「博學篤行」、「知仁忠和」等絕大部分典出儒家經典，孔老夫子看了，自必以為其道不孤，得遇知音，後繼有人。儒家道理從來都是知易行難，校訓院訓琅琅上口，高聲疾呼，也不見得大道已經得傳。傳道要成功，肯定需要多方面的配合，以「博文約禮」為例，潘重規先生《論語今注》以為「博文」是「博覽載籍，嫺習典制」，「約禮」是「用禮節來約束他自己的行為」。潘先生的解說，簡單明白，「博文」成功與否，測驗考試可知一二；「約禮」二字，不單是遙不可及，是不是學校的重要目標，亦尚未可知。

「授業」是相對簡單的一環。網上教學有一個好處，按下「分享畫面」鍵，學生上課所關注的瞬間從老師遷移至 **PPT**（簡報），何其舒壓，人生一樂！曾經問學生，喜歡面授教學，還是喜歡網課，我以為人文學科的學生都應該珍視人與人的接觸，答案肯定是面授。可是，現實殘酷的告訴我，莘莘學子比較關心課堂筆記是否能夠悉數記下，課堂是否可以錄影以作回味，人的交流與否並非他們首要的考慮。疫情下的課堂，並不簡單，學生們可能聽了太多的「歷盡艱辛」，能上網課，汲取知識，已經成為了宅家的美事。讀書求學問，老師「授業」看似簡單，其實幸福也不必然。女兒去年讀小學四年級，原本每年要考試三次，結果全部取消，彷彿成為人生空白的一年。因此，能夠上網課的，那怕是坐這山望那山毫不專心的人，習以為常之餘又心懷感恩。其實，大學的一個科目，就算已經完成了整整的一個學期，也不過是從門縫略見堂奧，如果沒有多作引伸與思考，作用終究不太大。因此，學問知識的傳播，說實在上網課也不會有太大差異。

秋天甫盡，冬天將至，在這個不一樣的冬天，韓愈大概也難以為學生「解惑」。疫情反覆，罩不離口，當中學和小學都相繼回復面授課堂以後，只有大學生仍然安坐家中，收看任課老師在屏幕裡的表演。隔著屏幕，即使傳來如何親切的問候，跡近造作，隔閡難除。在疫情之初，剛開始網課，大家都有點興奮莫名，自我感覺走上了時代科技的尖端。誠然，如果沒有網課，老師們的生計只能存疑，心懷感恩之餘，卻又思考網課真有這麼的好，真的可以是面授課堂的完美替代嗎？有時候，世事紛擾，我們都忘記了最基本、最原始的東西，沒有了這些東西，事情便會有質量上的變化。人與人的溝通，老師要幫助學生解決種種的疑惑，這是網課所不能取代的。

難道網課時，學生就不可以打開咪高峰[註一]高聲提問？或者利用聊天室輸入問題嗎？當然可以，如果這些都是學術的問題。「傳道」、「授業」、「解惑」是一千二百二十多年前韓愈對為人師表者的責任的解說，「解惑」到了今天的網絡時代，面對著前所未有的挑戰。這些年來，因為涉足學生的輔導工作，許多時候面對著學生們形形色色的難題，而這些都不是學術的問題。老師要為學生「解惑」，恆常不易，可是在屏幕前又該當如何解惑呢？在情緒上受到困擾，找人傾訴，已經是鼓起

---

註一　編按：咪高峰，台灣譯「麥克風」。

了無比的勇氣，殊不簡單。如果只是分享喜悅，面談與網聊也無別，但當意志消沉，情緒低落，面見的了解與安慰實在至為基本。人與人的接觸，是網課永遠所不能取代的。

在「新常態」之下，師生都逐漸習慣了網課。其實，無論什麼事情，即使起初有萬二分的不願意，人類便是有一種將不合理的事情習以為常的能力。第一次上網課是二〇二〇年上半年的事情，當時學生都表示希望疫情盡快結束，可以回復面授。第二次是秋冬之際的現在，似乎同學們都有很好的適應能力，網課已經成為日常，回校的動力已不復見。這個時候，學校又傳來詢問二〇二一年上半年授課形式的電郵，以學生為本，我自是不敢胡作非為。虛懷若谷，向這個學期的學生查詢，權作意見調查，結果超過一半表示希望繼續網課。從善如流，不論好壞，在疫症的威脅下，大家只能作出遠離面對面交流的抉擇。疫情何時結束，無人知曉，大學四年，如果只能活在網課的陰霾下，不免若有所失，並不完整！

網課並非香港獨有的產物。因為疫情，世界各地的學校先是停課，後來改為網上教學，「停課不停學」是網絡時代的口號。科技如何進步，暫時似乎仍沒有辦法解決人類在情緒上的困擾，面對面的傾談對於有需要的學子而言，依然是無法取代的。我們時常說，身教比言教更為重要，老師的以身作則可能較諸書本裡千頭萬緒的知識更值得青年人學習。究竟如何利用網課身教呢？這可能是二十一世紀教育事業的一大難題。學校是學習與人相處的地方，小學、中學、大學都一樣。宅家網課，看見的只有老師的芳容，以及佔著畫面主導的簡報（PPT）。如果老師和 PPT 有主從之別，從前是主角的老師，在網課裡肯定已經易角了。除下主角光環並不難受，可惜的是，一個不能做到「解惑」的老師，感覺上總是辜負了韓愈在一千二百多年前的囑咐。

疫情反覆，無力亦無奈。如果經典是可以經得起考驗的，那麼，「傳道」、「授業」、「解惑」或許也會隨著時代發展而有適時的變化！

# 疫情下的迎新營*

各位書院的新生，大家好！很高興可以在雲端上跟各位見面。我時常跟學生說，本人一直對香港中文大學貢獻良多（在繳交學費方面），因為從本科、碩士、博士，甚至連教育文憑都在這裡得到，後來回到這裡工作，一直跟中文大學有著密切的關係。

經歷了前所未有的動蕩後，各位終於來到書院迎新營的時刻。我相信大家在過去一年（二〇一九～二〇二〇），都經歷了許多，我們先不去談論這些經驗是好的

*本文原為香港中文大學伍宜孫書院迎新營二〇二〇的開幕致辭。

還是不好的，今日的你總是建設在過去的你之上。來到大學，來到書院，如果所屬學系（Department）是跟各位的學術研究關係密切的話，那麼，書院（College）關注的便是各位的生活，並著意如何塑造出一個「完人」。這個「完人」所指的不是完美的人，而是「完整」的人。這並非說，各位在過去並不完整，而是我們希望同學們可以在書院生活裡追尋學術以外更廣闊的天空。

在學系裡面，你們會發現身邊的同學朋友會有著相同或相近的學術追求；來到書院，這裡更像是社會的縮影，有著不同學院、不同學系的同學。因為本質上的不同，可能代表在文化上、價值觀上的種種相異，如何處理不相同的意見，如何在互相尊重的情況下而又能表達自己的想法，如何跟意見不同的人只在大處著眼，然後彼此合作，這些都會在書院生活裡反覆出現，也是鍛練著我們的生活智慧。

書院學生會、書院方皆會提供不同類型的活動，希望各位能夠踴躍參加；更重要的是，我們更鼓勵大家去組織自己想參加、想體驗的活動。孔子曾經說過「君子不器」，意即君子不應該像器皿一樣，而只有一種用途。或者這樣說，不要用一種器皿來囿限著自己。你們的夢想有多大，你們的天空就有多大。伍宜孫書院有著美麗的景緻風光，許多同學在面試時候，表示最嚮往的便是我們有一個飽覽無敵大海景的健身房。這當然沒錯，但遠非事實的全部。伍宜孫書院的海山勝景不僅於此。我們還有一個命名為「圓夢臺」的地方。進入書院大門，更上一層樓，到達「地下高層（UG）」，你們會看到書院輔導處，我的辦公室就在裡面，歡迎大家到此跟我談天說地。書院輔導處對出的大平台，便是「圓夢臺」了。每個人都會有夢想，各位新生，你們的夢想又是什麼呢？來到圓夢臺，可以許下宏願，看看四年後的自己會變成怎樣？夢想有否成真？以後四年的大學生活要如何，完全掌握在自己的手上。大學五件事你們的先後次序是如何？又或者，你的大學五件事跟其他同學的都不一樣。今天，大家都會有許多的無力感，但是，生活還是要過，路還是要走，「無力感」如何變為動力，使各位在四年後跟自己說不枉這四年的大學生活。這一點最為重要。

其實，在「圓夢臺」上，你可以看到右面是和聲書院，左面是逸夫書院，正前方看到吐露港公路、科學園，更可遠眺大埔的三門仔、馬屎州、大尾篤、船灣淡水湖等，而背景就是雄壯的八仙嶺。氣吞山河，志在四方，即使只是在圓夢臺上 dem beat，也會立刻使人變得目光遠大。

在大學裡，在我們的人生路中，總會遇上許多的「此路不通」。「此路不通」代表的不是放棄，而是請你要另闢蹊徑，尋找一條新的道路。窮則變，變則通，面對在這一刻不能解決的問題，我們要讓自己冷靜下來，重新思考，走應該走的路。在《論語．子罕》裡面記載了一個故事，有一次，孔子自言自語，指出自己並沒有什麼知識，當有農夫問他問題的時候，孔子以為自己本來是什麼也不知道的；但是，孔子會從問題的不同角度去作多維的思考，然後嘗試將答案告訴對方。[註一] 反覆推敲，仔細思考，再難的難題，我們都可以慢慢推進，逐漸解決。

---

註一　案：《論語．子罕》子曰：「吾有知乎哉？無知也。有鄙夫問於我，空空如也，我叩其兩端而竭焉。」（第九第八章）

來到新的環境（香港中文大學），來到新的書院（伍宜孫書院），要怎樣才能夠對他加深了解，答案只有一個，就是多參加書院的活動；理念只是空話，要真正了解我們這所年輕的書院，唯一的方法就是置身其中：博學而篤行，彰顯創新志業、承擔社會責任。

## 後記

二〇二〇年初，新冠肺炎疫情始出，大學在農曆新年假期時宣布停課，並在數星期後改為以網上授課形式復課。疫情反覆，二〇二〇年度的迎新營

從來沒有想像過大學迎新營也可以在網上進行……

原本計劃以日營的形式在校園裡實體舉行。奈何第三波疫情二〇二〇年七月爆發，在八月份舉辦的迎新活動只能改用網上方式。書院迎新營在二〇二〇年八月三十一日（星期一）以ZOOM雲端視訊會議舉行，以上為開幕致辭。

# 患難見真情

《論語．先進》裡記載了一個小故事：

子畏於匡，顏淵後。子曰：「吾以汝為死矣。」對曰：「子在，回何敢死？」

姑勿論孔子是否真的困於匡地，更勿論孔子與陽虎是否長得相似，重點是孔子和顏淵失散了。兵荒馬亂，學生走失了，而且是孔子最喜歡的一位。顏淵死時，孔子徒呼「天喪予」，就像老天爺要了自己的命一樣。因此，顏淵走失了，確實是大事。

我們看後人畫孔子的畫像，幾乎都是一個老頭兒的模樣。可是，不要忘記，孔門弟子之間年紀差異極大，據《史記．仲尼弟子列傳》所載，有只比孔子少九歲的子路，也有比孔子少四十八歲的子張。顏路、顏淵，曾皙、曾參，兩對父子亦皆孔門弟子。我們都會想，年紀這麼大的老師，肯定不會明白年輕學生在想什麼。究竟是什麼東西，令到年紀各異的弟子追隨老師顛沛流離呢？除了偉大光輝的人格以外，別無他途。走失了，孔子已作最壞打算，以為顏淵已經死於亂離之中。幸好，奇蹟出現，顏淵回到老師身邊，更說：老師仍然活著，學生何敢先死！雖然事隔三千年，回到這個場景，我們還是深受感動！遺憾的是，顏淵仍是先於孔子而死，《論語．先進》亦記載了許多則「顏淵死」的故事，此不贅論。

孔門師生之情，在這則短短的文字裡已經躍然紙上。作為教師，對於教學，有不同角度的滿足。孟子曰：「君子有三樂，而王天下不與存焉。父母俱存，兄弟無故，一樂也；仰不愧於天，俯不怍於人，二樂也；得天下英才而教育之，三樂也。君子有三樂，而王天下不與存焉。」王天下是孟子經常掛在嘴邊的理想，但君子三樂，「王天下」一連邊都沾不上。第一種是父母兄弟俱在的天倫之樂，第二種是問心無愧的成德之樂。第三種是「得天下英才而教育之」，乃師生之樂。教學生涯總是有喜有悲，只要時常心懷感恩，那便肯定是喜多於悲。

教學生涯怎樣快樂、如何滿足，大抵不同時代有不同的定義。學校裡時有表揚模範教師，不論是學系的，甚至是全大學的，取得了是否等同滿足？這些不過是聊勝於無的獎項，得到了固然值得高興，但也千萬不要滿足。這一年來，口罩成為了金刀龜貝，可以用來衡量萬事萬物。

新冠肺炎肆虐全球，防護用品供不應求，口罩尤其首當其衝。遙記起香港的大學，早在二〇二〇年的春節假期便下達了居家工作的命令，然後是要啟動網上教學。心裡想，電子教學終於迫在眉睫了，卻並非因為科技的高速發展，而是源於一場浩劫。是不是居家工作便可以足不出戶呢？在互聯網流行的時代，一人已足成虎，於是白米、衛生紙成為瘋狂搶購的對象。幾乎有新冠肺炎的地方，這些東西就都不再出現在超市的貨架上。聊天不再是嘘寒問暖，而是問你家中有否白米、衛生紙的存貨。學生問候老師，也就問日用品是否充足；學生有此懿行，老師自是老懷安慰。很多人都在比較二〇〇三年的非典型肺炎與今年的新冠肺炎，我不懂醫學，自不可能從流行病學討論這個課題。可是，在網絡溝通盛行的今天，二〇〇三年與二〇二〇年確實有許多的差異。智能手機在二〇〇三年仍未普及，人與人溝通主要仍然是見面和手機語音通話，非典期間停課就是停課了，沒有什麼「停課不停學」的可能。今天，網上教學成為事實，學生聯繫老師也直接就用即時通訊軟體和電郵，這是世界進步了的明證。流言蜚語只能說是互聯網流行的不良副產品。

病毒肆虐，醫療防護用品成為搶購大熱。街道上的行人都不見了，如果看見某處突然出現了排隊的人潮，那肯定是某處有口罩出售。香港人是最喜歡排隊的，當然總比不排隊好，因為在這個地方長大生活，只要看見長長的隊伍，跑過去排隊，再慢慢端詳，總是沒錯！為什麼口罩如此不足，為什麼在上位者都反應遲緩？這可能會牽涉許多不能刊出的謾罵！口罩變得如此珍貴，「口罩」二字值千金。更感動的，在這段日子裡，我曾經教過的學生，來了許多次這樣的私訊：

「老師，您的口罩夠用嗎？」

「老師，你們一家的口罩足夠嗎？我有多，可以給您一些。」

在這樣的一個亂世裡，這是一種最高層次的問候。我們家的口罩存量充足，對於學生的真摯問候，心懷感恩，但也一一婉拒，希望能夠幫助更有需要的人。疫情究竟會持續多長的時間，即使是流行病學專家也有不同的答案。這肯定就是古代文獻裡所記載的一場「瘟疫」。現今醫學昌明，赤松大仙與車公大抵僅能提供心靈上的富足，但似乎也比在上位者來得靠譜，起碼神明不會亂說話。現在是全球口罩短缺的時代，我深信，學生真誠的問候，比起什麼模範教學獎更能代表教學的表現，尤其是學生裡包括現在的學生和畢業多年的舊生。

作育菁莪，是每個教育工作者的願望。對於教師，如果在任教科目的教學問卷評估取得高分，成為模範教師，一時無兩，自我感覺良好。對於學生，如果在畢業後奮發上進，成就偉大事業，腰纏萬貫，貢獻母校，也是好不威風。但是，簡單的師生關係，只是緣情而發，證明人間有情。輕輕的一句問候，配合罕見物資如口罩，可見愛在瘟疫蔓延時，患難見真情。

# 雖不能至，然心嚮往之*

學校乃傳授知識的場所，相信無人有異議。想起知識，我們會將目光放在學科知識的講授上，這並不誤，卻遠非事情的全貌。莘莘學子要學習的知識，非常立體，有著不同的面向。《論語．陽貨》裡記載了這樣的故事：

子曰：「予欲無言。」子貢曰：「子如不言，則小子何述焉？」子曰：「天何

---

*本文原載聖保羅書院中國語文及中國歷史科編：《聖保羅書院170周年紀念文集：傳情》，二〇二一年十二月，頁五十六～五十八。

言哉？四時行焉，百物生焉，天何言哉？」

有一天，孔子突然說，我不想說話了。試想想，如果在上課的時候，老師不欲多言，那麼學生當如何得到老師的學問呢？子貢在孔門弟子之中，聰明絕頂，也慌張起來了。因而追問，老師不想說話，學生該當傳述些什麼呢？孔子指出，天會說些什麼呢？四季運行有序，萬物按次生長，天會說些什麼呢？我們都知道，大自然不會說話，可是萬物依然生生不息。因此，說話與否並不重要，重點是我們有沒有細心觀察周邊的事物。錢穆云：「為何孔子無端發欲無言之教？或說：孔子懼學者徒以言語求道，故發此警之。或說：孔子有見於道之非可以言說為功，不如默而存之，轉足以厚德而敦化。」其中前說尤其值得我們注意，為什麼只有言語我們才要關注？老師的身教方是重中之重。

在母校七年的學習生涯，所獲取的學科知識固然重要，但畢業後的二十多年，牢牢在心的更是老師們所樹立的榜樣。大學畢業後，我自己也走在教育的路上，更覺得老師的身教對學生的影響才是舉足輕重。從前，在中國語文科的課堂上，看到老師無事不曉，談笑風生，學養深醇。今天，我經常告訴學生，良師只有兩個條件，一是學問好，二是關心學生，二者兼備，誠為良師！憶昔在母校的日子，曾經教我中國語文、中國語文及文化、中國文學科的老師，包括馮慧珠老師、鄒志誠老師、蔡傳恆老師、張億德老師、盧廣鋒老師、何福仁老師等。老師們在不同的方面啟迪學生，在此先一併致謝！

中一級的時候，馮老師負責講授中國語文科，那時候並不知道原來馮老師是地理科的老師，直到高中預科才驚覺原來中文並非馮老師的主科，卻仍然將中文科講得細緻入微。鄒志誠老師可說是語文科的奇才，一年任中文科老師，一年任英文科老師。眾所周知，中文與英文俱是主科，能夠兼教兩科的並不多，鄒老師橫溢之才已可得見！盧廣鋒老師學問淵博，講授中國語文及文化科的時候，情感充沛，旁徵博引，令人陶醉。何福仁老師是我們預科的班主任，講授高級程度會考的中國文學科，啟導我的大學之途。

老師的學問不用在這裡多說，我只想細說一件事，那是發生在一九九五年，我在讀中六級。在母校讀書七年，我只請了一天假，不是因為身體特別健康，而是從前都沒有小病便當告假的想法。先外祖母在一九九四年起寢疾，至九五年十一月病故。當天早上，我如常在7A課室上課，至上午十時許，學校工友到課室找我，告知外祖母在瑪麗醫院病危。我立即趕赴醫院，陪伴外祖母走過最後一段路。從小到大，外祖母一直負責照顧我，她的離去，我悲不自勝！下午，我又趕回學校，因有中國文學科的默書。回到課室，7A同學有著不尋常的安靜，然後何老師說：「今天的默書延期到下週舉行。」大抵何老師、班裡同學都知道發生了什麼事，我也沒說什麼，但在在感受到母校師生體恤之情，這在日後我的教學路上，時刻惦記，人情較諸書本知識，更為重要。現在，在中文大學工作的我，雖然明白學校永遠強調研究為重，除了迎合學校的方針以外，我更重視人與人的接觸與關懷，因而肩負起系內和書院的學生輔導工作。書本教曉了我們的學問知識，但老師的身教才使我們有著全人的發展。

在大學本科就讀一、二年級的時候，我回到母校夜間部任兼職老師，也經常在星期六早上任教中文增潤班，因而一直和老師保持聯繫。我在二〇〇二年結婚，當時何老師說要送禮給我，是什麼呢？乃是往來歐洲的機票兩張。老師叫我先買機票，回來跟他說便是。我覺得不好意思，所以也就一直沒有跟進。直到某一個星期六的早上，我回到母校準備上課，何老師不在學校，卻早已經將一萬元的支票放進信封，夾在點名紙的文件套裡，祝賀我新婚愉快。當時的感動不是那支票的金額，而是老師一直關心學生，惦記此事。物輕而情義已重，況乎其物為重！

有幾年，何老師在外旅行，我會到他家幫忙照顧兩隻愛貓。參觀一個人的書架，便可知他的學問。在大學裡，經常強調術有專攻，於是乎大家都畫地自限，說自己是某某範疇的專家。說穿了，就是這個範疇以外的都不懂，其實是過早的囿限了自己。我們常說某人博學，精通古今中外的學問，知易行難，而且「古今中外」也一點不簡單。到了何老師家，卻真的是古今中外的書都有。要知老師是香港著名詩人、散文家，但任何文學作品不可能憑空而來，都是建立在古代的文化底蘊之上。因此，書架裡不少典籍乃是古代經典作品，兼備學者分析。另一方面，老師在大學主修比較文學，西方典籍汗牛充棟，自不在話下。看老師與西西的對談、評論電影，自可得知。涵泳在老師的家裡，才明白過去為何在課堂上總覺得其學問猶如信手拈來，原來是知識內化的美滿成果！今天，我在指導博碩士研究生的時候，他們經常問我某某範疇應該讀些什麼書，參考誰的作品，這些都重要，但擴闊自己的閱讀層面才是重中之重。文學作品總是環環相扣，互為影響，不同文化之間又每每難以清楚割裂，能夠在讀研階段博覽群書，絕對是日後教研生涯成功的關鍵。

老師是學生的楷模，以身作則，教書育人，春風化雨。在母校的七年學習，體悟到的不單是學科知識，更重要的是無形的言行身教，作止語默。司馬遷《史記．孔子世家》「太史公曰」引《詩．小雅．車舝》：「高山仰止，景行行止。」這裡用「高山」比喻高尚的品德；「止」是語助詞；「景行」是大路，比喻行為正大光明。二句說的是司馬遷對孔子的仰慕之情。昔日在母校得到良師訓誨，薪火相傳，我在教育路上自當勉力而為，「雖不能至，然心嚮往之」。

## 後記

我於一九八九年至一九九六年在聖保羅書院渡過了七年的中學時光。

左起：筆者、何福仁老師、何漢超老師、張冠雄
二〇一七年五月十三日攝於山東曲阜孔廟

# 文學與時代*

文學是一面鏡子，可以反映我們的內心，可以反映生活，可以反映每一個不同的時代。

今年再任聖保羅書院小學的小說創作比賽總評判，可以率先閱讀小朋友的作品，實在非常榮幸。過去兩年，我們都走過不一樣的時代，從二〇一九年的社會事件，一直到持續一年半的新冠肺炎疫情，都在不同程度上勾動著我們的思緒。

*本文原為聖保羅書院小學《第十四屆校園創作小說》得獎作品集之序言，二〇二一年十一月，頁三～五。

從中國古代的《詩經》起，我們便有「飢者歌其食，勞者歌其事」（《公羊傳・宣公十五年》）的說法。文學作品與現實生活密不可分，有人將作家比喻為「社會歷史的紀錄者」，甚至將文學作品稱之為「社會生活的一面鏡子」，強調的無非是文學與現實那千絲萬縷的關係。司馬遷寫《史記》，曾作田野考察，追訪傳主所經歷事情的始末，然後才下筆為文。寫孔子、屈原、荊軻，都用了這個方法。唐代詩人杜甫，我們稱他為「詩聖」，他的神聖在哪裡呢？原來是因為他寫下了不少「史詩」！在安史之亂時，杜甫從洛陽返回華州的途中，看到了戰爭帶來的生靈塗炭，感慨萬千，遂奮筆寫下不朽的史詩——「三吏」（〈新安吏〉、〈石壕吏〉、〈潼關吏〉）和「三別」（〈新婚別〉、〈垂老別〉、〈無家別〉）。

新近讀到聖保羅書院中文科前科主任何福仁老師的詩集《愛在瘟疫時》（匯智出版，二〇二一年），我深刻感受到的便是文學作品與現實生活的關係。以下摘錄其中一首題為〈病毒醫生〉的，與大家分享：

有一天，他脫了口罩
發覺原來沒有鼻子
沒有嘴巴

沒有嘴巴
那是因為說了不該說的話
損害了免疫系統

但為什麼沒有鼻子呢
原來已沒有了呼吸
他也不能免疫

還好他留下了見證
那一雙炯炯有神的眼睛

回想起二〇二〇年初，新型冠狀病毒的傳播已經出現了。當時人心惶惶，面對世紀疫症，不知如何應付。有人因為對病毒不了解，發表了一些缺乏科學根據的意見；有人仗義執言，卻受盡千夫所指，含恨而終；有人抱持謹慎小心的態度，以雪亮的眼睛見證了疫情出現以來發生的一切。詩歌是精煉的語言，何福仁老師是這樣的記錄了二〇二〇至二〇二一年，給我們留下無限的思索空間。

為什麼要寫上面的文字呢？文學與現實，跟這次小說創作有何關係？其實，文學作品不外乎是寫實或寫意，文學作品不可能和現實生活無關，分別只是在於它究竟在哪個層面與現實生活扯上了關係。在這次決選所看到六個年級的二十四篇小說作品裡，讓我訝異的是，只有一年級陳逸朗〈假如我是一列新幹線〉，以及六年級林漳淏〈神奇的生日禮物〉跟疫情稍有關連，其中一年級的小朋友在作品裡除了有精美的插圖以外，更有令人深刻難忘的佳句：「其實，『魔法新幹線』最想到達的是一個沒有口罩、沒有病毒的地方。人與人可以隨時互相擁抱，隨時露出笑臉。人與人之間，沒有距離，只有愛。」這是何其簡潔、何其真摯感人！

一、二年級的作品配有插圖，充滿童趣。二年級鍾目林〈單眼怪是冠軍〉帶出了自我改善的良好精神，讀後使人充滿幹勁；吳晞諾〈原來我不是昆蟲〉在敘事之餘還為讀者科普知識，同樣興味無窮。

我們的小朋友都是男生，都愛歷奇、冒險、打機，這類作品佔了絕大部分。例如三年級李孟祺〈怪客，你是誰？〉寫的是墨水鬼的故事，懸疑萬分，引人入勝；四年級蔡睿朗〈蜂蜜聖珠尋寶記〉的主人翁貝利要訪尋蜂蜜聖珠，救治蜂王，驚心動魄；五年級陳梓曦〈勇闖機關城〉的幾位小主人翁誤闖電子遊戲世界之內，歷盡艱辛，終於渡過難關；黃竣謙〈通往畫作世界的光圈〉滿有想像空間，帶領讀者一起走進名畫的國度裡，進進出出，美不勝收。六年級張子揚〈爸爸同學〉，甚至運用了穿越的技巧，主角回到過去，認識了小時候的爸爸，成為了小爸爸的朋友；在回到現在以後，爸爸也有了當年認識了這位好朋友的回憶。韓劇《隧道》、電影《聲命線索》也使用了同樣的敘事技巧，看來同學們在反映現實生活所關注的課題之餘，也參考了不少藝術作品。

文學創作並不容易，但任何事情最難的關卡莫過於開始。步進了文學的世界後，可以用自己的筆觸反映感官之所及。持之以恆，聚沙成塔，始於足下。

# 留下來的勇氣*

香港特區首任行政長官董建華先生曾經說過，「其實如果我決定走，是一個很容易的決定，但如果要留下來是很艱難，要有勇氣。」當時是二〇〇三年七月，董先生如是說。在歷史的長河裡，可證董先生所言不虛，留下來，的確要鼓起無比的勇氣。

二千五百年前的孔子，曾經遇上長沮、桀溺、荷蓧丈人、接輿、荷蕢而過門者此等隱士怪客，其中長沮、桀溺更不遺餘力鼓勵孔子要離開，不要留在無可救藥的

*本文原載《藝文青》第四十六期，二〇二二年三月，頁十三～十四。

國度裡。孔子是知其不可而為之者，有時候，學生會問我，孔子真的不知道他那恢復周文的偉大理想不可能實現嗎？我說，孔子當然知道，這也就是「知其不可而為之」的意義！孔子有沒有想過隱居的生活？一定有，除非沒有。有一次，在怎樣的場景下，《論語》沒有告訴我們，孔子說：「道不行，乘桴浮于海。從我者，其由與？」如果自己的道理不得施行，孔子便會乘著木筏浮於海上，此情此景，只會帶同一名學生同行，那便是子路。能夠與老師甘苦同路，子路非常高興。孔子很喜歡掃子路的興，繼而指出所以與子路同行，實因其為人「好勇過我，無所取材」（公冶長第五第七章）。這則《論語》歧解頗多，難以言詮。大抵子路為人過於勇敢，最讓老師不放心，因此出海避世，也只能與之同行。「乘桴浮於海」畢竟只是假設，孔子從來沒有離開。留下來，要有勇氣。

孔子一生希望恢復周文，重建社會秩序，解救當時禮崩樂壞的社會。他曾經在不同的國家出仕或謀求出仕，結果因為齊國的美人計而致使出走，展開長達十四年的周遊列國。及至六十八歲的那一年，孔子終於回到魯國，還是司馬遷的兩句說話寫得精采：「然魯終不能用孔子，孔子亦不求仕。」主張「學而優則仕」的孔子，至此不再任官，不再施展他的政治抱負。那麼，是孔子徹底認輸投降，放棄了這個他身處的天下嗎？當然不是，政壇上的失意，不代表一切的失敗。轉換跑道，另闢蹊徑，孔子也是這樣的處理。不再任官以後，孔子轉而更為投入整理典籍，以作教學用途，其編《春秋》，後來更有「知我」與「罪我」皆在《春秋》的說法，可見此書在孔子心目中的重要性。留下來，換個舞台，功在後世，我們看到孔子繼續發熱發亮。

屈原，譽為愛國詩人，同樣希望在政壇上闖出名聲。屈原是楚國的貴族，一心輔佐楚懷王，抵抗列國。屈原身處戰國末年，其時秦國強大，而縱橫家之士乃炙手可熱，最受歡迎。當時，秦國的張儀欺騙楚懷王，表示楚國如能跟齊國絕交，便將秦六百里商於之地割讓予楚。秦乃虎狼之國，哪有自割土地予以楚國之理？這在旁人看來完全是騙局。楚懷王卻在佞臣令尹子蘭、上官大夫靳尚、寵姬鄭袖的包圍下，誤中張儀之計，結果不單得不到秦地，自己也客死異鄉。司馬遷在整部《史記》所抒寫的歷史人物裡，唯獨二人「想見」，一是孔子，二是屈原。屈原「睠顧楚國，繫心懷王」，其中「睠顧楚國」比較容易處理，畢竟舊王如去，新王便立，只要楚國不滅，屈原便可以繼續「睠顧」。麻煩的是「繫心懷王」。看畢了〈屈原賈生列傳〉，我們都會發現楚懷王只是昏庸之君，非賢德之主，一心輔佐懷王，便註定了不可挽回的悲劇。

屈原因為上官大夫的讒言，而遭懷王疏遠；在懷王聽從寵姬鄭袖而放過張儀以後，屈原已經不在重要之位，卻仍然進諫懷王。最後，懷王客死於秦。司馬遷說：「懷王以不知忠臣之分，故內惑於鄭袖，外欺於張儀，疏屈平而信上官大夫、令尹子蘭。兵挫地削，亡其六郡，身客死於秦，為天下笑。此不知人之禍也。」楚懷王不分忠奸，對內為鄭袖迷惑，對外為張儀所欺騙，疏遠屈原而聽信上官大夫、令尹子蘭。出兵但遇上挫折，國土遭削，失去六郡，最後客死於秦，成為天下人的笑柄。如此的庸主，其實並不值得屈原留戀。正如屈原自己所說：「舉世混濁而我獨清，眾人皆醉而我獨醒。」孤芳自賞，應該是當時屈原的情況。楚懷王客死異鄉，屈原理論上可以輔佐繼位之君——楚頃襄王，然而上官大夫繼續在頃襄王面前誣陷屈原，最後頃襄王決定放逐屈原，「怒而遷之」。漢代的賈誼寫了一首〈弔屈原賦〉，他也看不過眼屈原為何不離開楚國而到他國訪尋賢君，直接指出屈原應當「歷九州而相其君兮，何必懷此都也」。遠走高飛，找個好地方，可以重新開始，為何偏要留在楚國呢？留下來，要有勇氣。屈原本來就是楚國人，安土重遷，人離鄉賤，屈原執意留下來。最後，屈原選擇在萬念俱灰的情況下自沉汨羅江，君主無能，受盡讒言，不為所用，但屈原沒有周遊列國，一直眷顧楚國，這是屈原的勇氣。

漢代的偉大史家司馬遷，同樣也為著一份堅持，沒有選擇放棄。遷父司馬談是太史令，早有述漢德而著述的宏願，可惜不幸早逝，未能遂願。司馬遷繼承父業，又遠承孔子《春秋》史筆，作史書「垂空文以斷禮義，當一王之法」。司馬遷乃用史書作為量度世間萬事萬物的準繩。司馬遷的偶像是孔子，撰作《太史公書》，就是繼承孔子的《春秋》。司馬遷編寫史書，有做過田野考察，也有參考石室金匱之書，但《太史公書》幾乎無疾而終，那便是因為「李陵之禍」。李陵乃飛將軍李廣之孫，有勇有謀，領兵進擊匈奴之時，由於貳師將軍李廣利沒有營救，終兵敗被擒。司馬遷深感李陵不會投降匈奴，故加以辯護，卻忘了李廣利乃是漢武帝寵妃李夫人的兄長。李陵因不得支援而被擄，如欲追究，其責任便在於李廣利。再者，因為種種誤會，李陵最終真的投降了。結果，司馬遷遭漢武帝以「誣罔」之罪判以死刑。漢代所判死刑也不代表已到窮途末路，死可以是解脫，可以是離開，留下來的勇氣十分重要。漢代的死刑，可以用五十萬錢或腐刑以抵罪。錢，司馬遷沒有，也得不到滿朝官員的支持；要留下性命，完成史書的撰作，只有一種方法，那便是下宮刑了。

司馬遷沒有選擇死刑，而是以刑餘之人的狀態完成了這部魯迅稱譽為「史家之絕唱，無韻之《離騷》」的《太史公書》。死者不可復生，司馬遷沒有選擇，唯有受宮刑。在《報任安書》裡，司馬遷說：「人固有一死，或重於泰山，或輕於鴻毛，用之所趨異也。」人總有一死，有的死比泰山還要重要，有的死比起鴻毛還要輕，這是因為死的目的不同。還有更為明確的說法：「所以隱忍苟活，函糞土之中而不辭者，恨私心有所不盡，鄙沒世而文采不表於後也。」為什麼不要尋死，而忍辱苟活下來，甚至陷入糞土之中也不推辭，就是因為遺憾自己的意志還沒有表達出來，如果默默地死去，自己的文章著述就不能流傳於後世了。留下來，要有無比的勇氣！

最後，我想說一說陸游。他的〈示兒〉，家喻戶曉，耳熟能詳。「死去原知萬事空，但悲不見九州同。王師北定中原日，家祭毋忘告乃翁。」前兩句是無限的絕望，後兩句是反映了留下來的堅持與勇氣。有些冀盼，不日完成，有生之年也未必能夠看得見。南宋積弱，陸游一生主張北伐，希望能夠從金人手上收復河山。這個任務當然未能完成，但陸游沒有絕望，訓示兒子，到了將來「王師北定中原日」，掃墓拜祭之時，請不要忘記告訴父親已經收復北方。

儒家有著重人精神，愛的是人世間的美好，孔子留下來的勇氣在於此。屈原本為楚國貴族，愛的是土生土長的家園，「睠顧楚國，繫心懷王」。司馬遷近承父志，遠繼孔子，隱忍苟活，為的是《太史公書》的完成。陸游在絕境之中仍然看到希望，即使自己未能完成，後世子孫必有圓願的一天。離開了，只會失去如願以償的可能，可是面對不同的囿限，留下來的，確實需要無比的勇氣！

# 重新感受*

傳統儒家特別重視實踐的功夫，知易行難，怎樣才能做到知行合一，永遠是考驗。很多地方的人，都說自己很愛這個地方，香港也不例外。然後，只要一到假期，不論長短，立馬跑到大嶼山，不是到鳳凰山，不是到大澳漁村，也不是寶蓮禪寺，不是心經簡林，亦非主題樂園，而是位於赤鱲角的香港國際機場，登上航班，遠赴他國，身體真的非常誠實。

*本文原載李俊主編：《香港拼圖》，香港：看漢教育服務公司，二〇二一年，頁一〇六～一〇九。

從二〇二〇年二月起，新冠肺炎肆虐，各國重門深鎖，最愛旅行的香港人動彈不得，飛行里數如同遭逢巨劫停滯不前。讀萬卷書，以往只想走外國的萬里路，香港不大，面積是一千一百〇六平方公里，我們又真的走遍了嗎？香港地形的特點是海岸線長，其中九龍半島及新界的海岸線共長四百六十公里；港島、大嶼山及其他小島的海岸線則長達七百二十一公里。常言道：「當上帝為你關了一扇門，祂同時會幫你開一扇窗。」外國的月亮不一定特別圓，愛香港並不是口號式的叫喊，只有用自己的感官親身體會，才可以深入認識過去沒有注意的香港。

＊　＊　＊

香港人煙稠密，不單是旺角、銅鑼灣鬧市可以證實，郊外景點更可證此言非虛。疫情之初，大家都說要保持一點五米社交距離，然後因為市區空間狹迫，只能跑到郊外。可是，原來郊外也出現了長長的人龍，慢慢要習慣，香港的郊外也是摩肩接踵的，尤其是到知名的行山路線例如龍脊。

龍脊嘗於二〇〇四年被《時代周刊》亞洲版評選為為亞洲區的「最佳市區遠足徑」，及後《Lonely Planet》及 CNN 旅遊網站皆作推薦。俗語有云：「人怕出名豬怕肥。」龍脊不是人也不是豬，但既然出名了，人們都蜂擁而至，幾乎連山徑也踏平了。只要我們不去細聽行山人士的高談闊論，靜心感受大自然的鳥語花香，極目遠望左右兩方的天與海，龍脊之美是當之無愧的。

不單是山好看，一花一草也可以引起哄動。李廣田《花潮》很多人都讀過：

這幾天天氣特別好，花開得也正好，看花的人也就最多。「紫陌紅塵拂面來，無人不道看花回」，辦公室裡，餐廳裡，晚會上，道路上，經常聽到有人問答：「你去看海棠沒有？」「我去過了。」或者說：「我正想去。」到了星期天，道路相逢，多爭說圓通山海棠消息。一時之間，幾乎形成一種空氣，甚至是一種壓力，一種誘惑，如果誰沒有到圓通山看花，就好像是一大憾事，不得不擠時間，去湊個熱鬧。

我要說的不是雲南昆明圓通山的海棠花，而是新界元朗大棠的楓香林。「物色之動，心亦搖焉」，看著大自然按四時有序地換上不同顏色的衣服，我們的心情亦隨之而變化。傷春悲秋可能是出於秋天不能到日本、韓國觀賞紅葉，其實不假外求也有位處大棠而成林的三葉楓。用心靈去感受美麗的風光當然好，不過眼睛先看亦屬正常，而楓樹的樹葉由綠轉紅，教曉了我們要耐心等候的重要性。

到大棠看紅葉，也是既看花也

大棠楓香林看紅葉的人潮

看人。當駕車到了大棠山道便看見蜿蜒車龍的時候，我們便知道什麼是漫山是人。看行山人士的衣著打扮也是一樂。有男士穿著皮鞋，有女士穿著高跟鞋，可見市民欲一睹紅葉的決心。三葉楓的枝幹不一定長得很低，刻意與遊人保持一段距離。有些人會把樹枝拉下來，讓攝影師拍下了自感最美的時刻。人與大自然就這樣無縫地融合了，然後偶然看到地上的幾條殘枝，不禁驚歎人類的威力！記得從前也曾到過大棠看紅葉，當時沒有疫情，大棠紅葉沒有如今的知名，遊人沒那麼多。其實，在遊人不多的時候閒逛大棠，除了感受到冬天應該有的肅殺，更有片片紅葉漸落的蕭瑟，實在是美不勝收。

* * *

每個地方都有她的好，與她的不好。我們看問題的時候，究竟應該著重在她的不好然後棄如敝屣，還是應該讚美她的好然後擴而充之，一切皆緣乎自己的用心。

魯迅曾經說過：「我的確時時解剖別人，然而更多的是更無情面地解剖我自己。」疫情以前，我也常常離開香港，如今我更愛這個我在這裡土生土長的地方。用心感受，身體力行，才能深入體味這個我們久居的國際大都會！

# 不變的年份*

有一個習慣，做事喜歡循名責實，名實相符。「2019 冠狀病毒病」，乃是香港特區政府對它所用的名字，而它的英文簡稱是「COVID-19」。看看它的年份，是二〇一九，它不是某某酒莊生產紅酒的年份，而是這個病毒首現的時刻。香港的首宗個案在二〇二〇年一月出現，想不到月曆已經撕掉了二十四頁後，這個病毒依然存在，且愈發流行，改頭換面，不變的唯有病毒的年份。

疫情大流行教曉了我們許多事，坦然面對，靈活變通，肯定是其一與其二。

---

*本文原載《香港作家網絡版》二〇二二年一月號第十三期。

「與病毒共存」，可以有著許多不同的詮釋。無論是否願意，病毒都與我們同在一段時間了。與其仍在設想疫情何時結束、疫情結束後如何如何，倒不如好好的活在當下，調適著疫情下的生活。

曾經，我們時常外出用膳，香港大概有著全球最多的「無飯夫妻」。有人說香港是「美食天堂」，作為土生土長的香港人，我不知道這句話出自哪裡的人。香港無疑是有著不同地方的美食，卻是「夷狄進於中國，則中國之」。世界美食來了香港，便都帶有香港特色。原汁原味是氛圍，離鄉別井的美食只能入鄉隨俗，成為了香港式的世界美食。從前，每天可以到不同的餐廳，吃盡天下的美食。早餐，可以到港式茶餐廳，中式茶樓，可以吃英式早餐、歐陸式早餐、美式早餐。午餐和晚餐，只要是想得到的款式，便幾乎都可以吃得到，香港就是如此的方便。這裡或許會有一個迷思。如果白天要上班，三餐在餐廳吃，那麼自己的房子是用來做什麼的，難道只是每天洗澡和睡覺？其實，整天在外而不在家，不是有家歸不得，也不是餐廳特別好吃，而是居住環境狹窄，逼不得已。到餐廳用膳，不單是為了果腹，更是一種密室逃脫的方法。因此，在疫情之下，餐飲業屢受打擊，時而禁晚市，甚或禁堂食，外帶服務並非不可，只是缺乏了那解除束縛的片刻。

過去有許多時候我們都說要減少即棄餐具，可是在世紀疫症的陰霾下，不少信念都只能無奈地「與時並進」。可以不用木筷子，可以不用膠匙羹，但餐盒在大部分情況下也很難避免。於是，環保只能夠歸納為「衣食足而知榮辱」！有些餐廳鼓勵外帶時自備餐盒，或者是所使用即棄餐盒採用了環保物料，或者是即棄餐盒可以循環使用。凡此種種，都是在疫情下外帶服務大增而無可奈何的選擇，但願在抗疫之餘，我們仍然有保護環境的考慮。這是靈活變通，也是坦然面對。

曾經，我們時常出外旅遊，經常在不同的社交平台上曬照打咭。口裡說愛香港的人很多，在疫情以前，只要放假便立刻跑到機場離港的也大有人在。這種對香港的愛，未知是否因為距離而產生了美感？其實，香港面積小，香港人的家居面積也小，在雙小的情況下，到外地旅遊便帶來了喘息的空間。自新冠肺炎出現以後，出門遠遊變得不可行。香港有著許多我們平日少有涉足的山水秘境，香港的郊野面積也跟人口如此密集形成了詭異的落差。舉例而言，過去香港人特別喜歡到日本、韓國看楓賞櫻，現在什麼大棠、流水響、中大未圓湖紅葉，嘉道理農場鐘花櫻、鰂魚涌公園富士櫻，在傳媒的大肆報道，便都遊人如鯽，車水馬龍。

風光景緻的美麗並無絕對，投入了本土感情，不假外求的勝景更顯得煥然一新。疫情影響著各行各業，威脅著男女老幼的身體健康，肯定是弊處連連。從前，香港的旅遊幾乎只面向外地遊客，而香港人只會往外跑。東京新宿、首爾明洞，每逢假期總會聽到粵語的交談。疫情讓香港人重新發現香港，讓大家深入地了解這裡的人文與自然風光，才發覺從前實在放過了這個城市裡的許多美好。「然後知吾嚮之未始遊，遊於是乎始」！這是靈活變通，也是坦然面對。

曾經，這個城市永遠燈火通明，黑夜仿如白晝。滿街的霓虹燈當然絕非香港的專利，但密集與幅員遼闊的程度卻肯定是首屈一指。現在，時而晚市禁堂食，或者是晚上十點以後餐廳便不可營業，晚上的香港獲得了前所未有的安寧。日與夜涇渭分明，街道上行人稀疏，沒有了摩肩接踵，沒有了此起彼落的叫賣聲，人類的活動幾乎只集中在白天。

那麼，平日在晚間活動的人到了哪裡呢？香港的不夜，原因並非大家特別嘉歡溜達在外，而是回家後的空間不足，倒不如行走在外，大叫一聲「諸君何為入我幝中」！路邊攤檔的小吃，各式各樣的特別飲料，在過去三年都不可能突破那三至四層不織布。現在，晚上少有店鋪營業，走在寧靜的記利佐治街、羅素街、西洋菜南街之上，看著微弱的燈火，稀疏的人和車，完全是一種另類的城市遊。

香港人工作時間之長，聞名遐邇。在外旅遊之時，經常會抱怨何以百貨公司會在晚上六、七、八時便關門，而香港的常態是商業區的店鋪在晚上十時才停止營業。疫情下的光景，遊人少了，店鋪亦隨之而提早關門。在擔心生計之餘，也只能早點回家休息。很多事情我們都無法控制，能夠調適的只有自己的心態。這是靈活變通，還是坦然面對，也許只是無奈的接受！

COVID-19 是它的開始，沒有 COVID-20、COVID-21、COVID-22，它沒完沒了的存在已讓人不知道有沒有終結。朋友間的交談，如果回首過去，往往夾雜「疫情以前」如何如何；如是展望將來，則多有「疫情完結以後」云云。疫情何時完結，有專家說是三年，三年不長不短，世界還是要繼續運轉。當戴口罩已經成為日常，在邁向第三個年頭的這一刻，突然醒覺電影裡有些人物實在有著先見之明。鋼鐵人（Iron Man）、蜘蛛人（Spider Man）、蝙蝠俠（Batman）都戴著面罩，巴斯光年（Buzz Lightyear）更是戴著太空頭盔，深知在地球連呼吸也可能有危險！疫情後續發展如何，專家有不同的說法，但生活總要過，方法總比困難多。相信所有人都有著共同的願望，希望 COVID-19 早日載入史冊，成為了回首過去的一部分！

# 十歲的女兒*

要證明時間過得很快，方法很多。看看今天是幾月幾號，直截了當，非常簡單，卻嫌不夠具體。衣帶漸寬人漸廣，看看腰圍，看看髮線，或多或少，也可以作為度量衡。可以肯定說，看著兒女從襁褓之中茁壯成長，絕對是「硫化碳炔」級的鐵證如山。

打從在媽媽的肚裡開始，總覺得待妳不夠好。媽媽懷著哥哥的時候，我們一起去上產前班，看許多育嬰的參考書，更要遵從許多營養指南，多吃對胎兒有益的食

*本文原載《藝文青》第三十八期，二〇二〇年十一月，頁三十六～三十七。

物，一絲不苟。哥哥出生後，至半歲左右，開始吃固體食物，那怕只是一片菜葉，也有形形色色的講究。哥哥每次要打什麼預防針，這天是多麼的重要，我們都不會忘記，小心謹慎。哥哥報考幼兒園，爸爸媽媽會認真地看幼兒園百科全書，到七八間幼兒園遞交申請表格。妳都沒有這樣的待遇。沒有了哥哥長大過程裡的手忙腳亂，妳太乖巧了，雖然媽媽早就從胎動裡感受到妳的粗魯。因為要照顧哥哥，媽媽吃些什麼，都比較隨便，有時間閒著吃飯已經算是很不錯了。然後，在上幼兒園前要打的幾次預防針，有些幾乎忘記；報讀學校，也就是哥哥讀哪一所便幫妳也報名，沒有為妳度身訂做。妹妹，請妳要原諒爸爸媽媽！

不要忘記除了醫院以外，誰是第一個幫妳拍照的；回家以後，誰負責為妳洗澡？請謹記：是爸爸；這是高級的待遇！記得妳剛回家的時候，多麼的乖巧，即使附近有裝修工程，白天嘈吵不斷，妳仍然只顧熟睡，至餓而起，吃飽便睡。在成長的過程中，妳從不流口水，不用口水巾，與細水長流的哥哥截然不同。我們驚覺，有些BB原來是可以不用口水巾的，這是對妳的另眼相看。

說到眼，眼睛是靈魂之窗，我最愛看妳的眼睛。帶妳上街，無論識與不識，都會稱讚妳那雙會發亮的眼睛很漂亮。為免後勁不繼，面對別人的讚譽，我們都非常謙虛，卻又忍不住一再偷看妳的雙眸。《論語》引孔子說：「視其所以，觀其所由，察其所安。人焉廋哉？人焉廋哉？」孔子以為考查一個人結交了什麼朋友；觀察此人為達到一定目的所採用的方法；了解其心情之所安在哪裡，所不安又在哪裡。以此行之，這個人怎樣能夠隱藏得住呢？究竟怎樣可以將對方的心情看得清楚，孔子說得不太明晰。孟子作為孔學的繼承者，對於孔子學說絕對是「則而象之」。孟子說：「存乎人者，莫良於眸子。眸子不能掩其惡。胸中正，則眸子瞭焉；胸中不正，則眸子眊焉。聽其言也，觀其眸子，人焉廋哉？」怎樣才能將一個人看得清楚呢？孟子指出，觀察一個人，沒有比觀察眼睛更好的了。因為眼睛不能遮蓋一個人的醜惡。心正，眼睛就明亮；心不正，眼睛就昏暗。聽一個人說話的時候，注意觀察對方的眼睛，此人的善惡便不能夠隱藏。近年來，我特別喜歡孟子，尤其是其身處亂世中的勇氣與原則。看看女兒，妳明亮的眸子，告訴了爸爸：我是心正的人。

妳是否長得漂亮並不重要，心正才是為人處世的關鍵。

往日，大約六歲以前，妳跟其他小女孩一樣，都很喜歡迪士尼公主，哪齣電影哪個公主有什麼特點，如數家珍，娓娓道來。要買禮物給哥哥很困難，故事書、卡通人物、動物等等，興趣變得很快，而且淺嘗即止，無跡可尋。妳不一樣。有一段時間，只要帶些與《魔雪奇緣》[註二]相關的東西回來送給妳，妳便非常興奮。對於爸爸媽媽而言，只要看見 Elsa 與 Anna 的用品，彷彿鬼迷心竅一般，總會買些回家獻寶。久而久之，逐漸感到 Elsa 與 Anna 二位就像女賊一樣，專門打劫沒有抵抗能力的父母，真的是可憐天下父母心！天真的爸爸，以為妳會一直喜歡公主，直到迎來了希望幻滅的一天。沒有想到，Let it go 不再出自妳的口中，而是 Elsa 與 Anna 的下場。有一次，看見揚棄在旁的 Elsa 玩偶，臉上貼了怪獸貼紙。天啊，然後妳說：「我從來不喜歡公主！」這是何等的震憾，雖然後來也發生了無數次「我從來都不喜歡」一些有一段時間非常喜歡的事物。

恥與公主為伍後，妳愈來愈健康活潑與健談。爸爸媽媽說話的時候都很溫柔，哥哥舉止儒雅，只有妳的嗓門大，活像市場裡叫賣的大媽！而且，有著大媽般的開朗！靜下來的時候，看見哥哥，總覺得他是若有所思；看見妳，我曾經嘗試探問，無事做的時候會想些什麼，妳說：「沒有！」爸爸相信妳是由衷的，我也覺得妳眼神放空的時候，腦袋同樣放空，什麼是天真爛漫，肯定是用來形容我這個可愛的女兒！

五歲的時候，在升讀小學以前，決定給妳一個驚喜。我在大學裡任教，曾經教過中學生，家裡有小學生，小學生曾經又是幼兒園學生，可說是看盡了不同階段的香港學生，心裡總是感覺香港的中小學課程讓人喘不過氣來。而且，小時候愛好提問的學生，在成長的過程中，問題愈來愈少，到了大學更變成了一言不發。於是，爸爸決定帶著妳出走，來一個父女之旅程。旅途上，妳說得最多的是：「爸爸，我有一個問題……」，雖然都是一些無謂的問題。有時候，妳在說完這句話後已經忘記了要問些什麼，可見妳是純粹喜歡聊天，重量而不重質。因為我們都是曼聯的球

註二　編按：台灣譯作《冰雪奇緣》。

迷，所以爸爸決定帶妳到歐洲看足球，尤其是那號為「夢劇院」的奧脫福球場。當時，妳喜愛的球員是門將迪基亞（David De Gea），以及隊長朗尼（Wayne Rooney）。我們二人成行，遨遊英法三個城市，分別是倫敦、曼徹斯特、巴黎。在希斯路機場，海關奇怪為什麼只有我倆，可能是怕我拐帶小女孩吧！我告訴海關叔叔，因為哥哥快將考試，媽媽正在香港奮力備戰中。我不肯定這位叔叔是否相信，反正事實就是旅途上只有妳和爸爸。

還記得在巴黎聖母院前的空地上，妳要寫生，用斑斕的色彩描刻原來灰濛濛的建築；然後說這畫要送給媽媽，多麼的孝順！在巴黎的科學博物館，一邊玩耍，一邊想著下一次要跟哥哥一起來，充分展現了傳統儒家的悌！有子說：「孝弟也者，其為仁之本與！」看來妳年紀輕輕，已經有了儒家仁愛的根本。妳熱愛傳統中國文化，還體驗在飲食習慣上。在巴黎，第一頓吃的是麥當勞魚柳包走醬，在羅浮宮裡吃的是魚柳包走醬，在香榭麗舍大道上吃的也還是魚柳包走醬。在英國，我們吃的幾乎都是中菜，據後來回顧，在整個旅程裡妳最回味的是曼徹斯特大家樂（Happy

Seasons）的乾炒牛河，以及在倫敦街頭喝的椰青。後來，在不同的國家，我們都會不忘為妳準備微波爐叮飯，相信白飯可以解妳思鄉之情！

在學校裡，有些舞蹈的興趣班，我曾經想像過妳妙曼的舞姿，那怕只是有一剎那，但是現實與想像總是有莫大的落差！妳說，中國舞的服飾和妝容多麼難看，我同意，妳是對的。然後，妳參加足球興趣班。幸好，妳的學校男女平等，容許妳加入只有男同學參加的足球班，而每次看見妳踢球時不惜氣力，上上落落，走遍整個球場，可恨的是妳沒有看過一九七四年世界盃荷蘭隊十上十落的全能足球。爸爸看了足球多年，能夠如此踢球，實屬異數，相信荷蘭球皇告魯夫（Johan Cruyff）泉下有知，也會感慨全能足球終於後繼有人！

妳永遠是我們家裡年紀最小的小妹妹，但卻較諸每個人皆著緊家庭瑣事。最為明顯的，是妳會牢記家裡每個人的生日，還會竭盡所能籌備生日派對，甚至挾迫爸爸要給大家準備禮物。要記得爸爸媽媽和哥哥的生日並不難，妳的天賦是在於「所有人」，包括不同住的親人，包括不在香港的親人，包括只見過一兩面的親人。如此的高風亮節，實在使人心生景仰。在大學裡教書，我時常跟學生說笑，指出為什麼我們的記憶力不如古人，就是因為我們牢記了許多的數字，如生日日期、電話號碼等，這樣必使我們的背誦能力下降。妳的記憶力花費在仁愛的擴充，自是美事，至於學業成績如何，爸爸從來沒有要求。只要有妳在的場合，家裡都充滿快活的氣氛，生機勃勃，趣意盎然。

因肺炎疫情之故，香港的中小學在二〇二〇年長期停課，偶有回校復課之時，小朋友都非常興奮；只有妳和哥哥是例外。可以肯定的是，你們已經領略到什麼是「在家千日好」！在家裡，看著老師線上授課，爸爸媽媽可以立刻補充，學習更見成效。然後，妳真的做到了確守社交距離限制，足不出戶，沉迷宅家。

女兒筆下的全家福

常態不可能有「新」，「新」的常態就過去而言其實是變態，但願疫情早日結束，你們可以回復正常生活，跟其他小朋友好好的「玩」。

人年紀愈大，腦海裡總是回憶。記得二〇一四年六月的某天，當時妳還沒到四歲，在書房裡，手裡把玩著一支心愛的青蛙鉛筆。然後，我說：「有一天，你愛的是一個男人，他也很愛妳，然後妳會跟他走。」妳說：「但是我要連同這支鉛筆一起帶走。我只會喜歡爸爸媽媽，不愛那個男人，我要永遠留在家中。」聽了這話，我們自是半信半疑，既喜且驚。長大了，妳會有自己的一片天地；如果一輩子都留在家中，才讓我們更不放心。時光飛逝，轉眼已是六年後的今天，妳已經快到十歲了。余光中〈我的四個假想敵〉說：「在父親的眼裡，女兒最可愛的時候是在十歲以前，因為那時她完全屬於自己。」後面的文字我不想引用，十歲以後的女兒我也不是不知道會發生什麼事，敵人肯定會出現，剿滅也毫無意義。這時候，夜已深，雲霧漸散，月色皎潔，看著圓圓的臉蛋在呼呼大睡，可愛極了，我要珍惜我這個未足十歲的小女兒！

九月十八日晚上在汀九橋下，還有六天便到妳生日

文化生活叢書 1300008

# 疫下叢譚

作　　者　潘銘基
責任編輯　呂玉姍
特約校稿　宋亦勳
封面設計　陳薈茗

發 行 人　林慶彰
總 經 理　梁錦興
總 編 輯　張晏瑞
編 輯 所　萬卷樓圖書(股)公司
臺北市羅斯福路二段 41 號 6 樓之 3
電話　(02)23216565
傳真　(02)23218698

發　　行　萬卷樓圖書(股)公司
臺北市羅斯福路二段 41 號 6 樓之 3
電話　(02)23216565
傳真　(02)23218698
電郵　SERVICE@WANJUAN.COM.TW
香港經銷
香港聯合書刊物流有限公司
電話　(852)21502100
傳真　(852)23560735

ISBN 978-986-478-684-8
2022 年 6 月初版
定價：新臺幣 260 元

如何購買本書：
1. 劃撥購書，請透過以下帳號
帳號：15624015
戶名：萬卷樓圖書股份有限公司
2. 轉帳購書，請透過以下帳戶
合作金庫銀行　古亭分行
戶名：萬卷樓圖書股份有限公司
帳號：0877717092596
3. 網路購書，請透過萬卷樓網站
網址　WWW.WANJUAN.COM.TW
大量購書，請直接聯繫，將有專人為您服務。(02)23216565　分機 610

如有缺頁、破損或裝訂錯誤，請寄回更換



國家圖書館出版品預行編目資料

疫下叢譚/潘銘基著. -- 初版. -- 臺北市：萬卷樓圖書股份有限公司, 2022.06
面；　公分. -- (文化生活叢書；1300008)
ISBN 978-986-478-684-8(平裝)

855　　　　111006934